◆◆ 中国文学名家小小说精选丛书

回家吃午饭

厉周吉　著

江西高校出版社
JIANGXI UNIVERSITIES AND COLLEGES PRESS

南　昌

图书在版编目（CIP）数据

回家吃午饭 / 厉周吉著 . -- 南昌 : 江西高校出版
社 , 2025. 6. -- (中国文学名家小小说精选丛书).
ISBN 978-7-5762-5579-9

Ⅰ . I247.82

中国国家版本馆 CIP 数据核字第 20245QH535 号

责 任 编 辑　 袁娟霞
装 帧 设 计　 夏梓郡

出 版 发 行　 江西高校出版社
社　　　 址　 江西省南昌市新建区工业二路 508 号
邮 政 编 码　 330100
总 编 室 电 话　 0791-88504319
销 售 电 话　 0791-88505090
网　　　 址　 www. juacp. com
印　　　 刷　 鸿鹄（唐山）印务有限公司
经　　　 销　 全国新华书店
开　　　 本　 650 mm×920 mm　 1/16
印　　　 张　 13
字　　　 数　 160 千字
版　　　 次　 2025 年 6 月第 1 版
印　　　 次　 2025 年 6 月第 1 次印刷
书　　　 号　 ISBN 978-7-5762-5579-9
定　　　 价　 58.00 元

赣版权登字 –07-2024-973

CONTENTS
目　录

◂ 钉　子

　　午后，狂风裹挟着乌云从西北方向飞奔而来，转眼间天地几乎全黑了下来。几个震耳欲聋的响雷过后，雨水从天空倾泻而下。雨越下越大，风越刮越猛，风雨交加，仿佛不把小小的营房掀翻就不肯罢休似的。

　　地上积水越来越多，很快汇成了一条条小河。"等他们回来，还不知要等多久，我现在必须出发！"丁梓一边自言自语，一边拿起铁锹，一头扎进风雨里。

　　风大雨急，行走异常困难，平时半个多小时的路程，他走了两个小时或更长时间，才到达河边。

　　河水暴涨，湍急的水流汹涌澎湃地奔流着。丁梓肌肉紧绷，心跳加速，顺着河岸，顶着风雨，一边查看水情一边艰难地朝下游走去。

　　这条河从两座高山形成的山谷中流出，平日里，河水清浅，四季长流，极其温顺。然而，别看它小，作用却巨大，它是两国之间的界河。

河水对河岸的日常冲刷不可避免，最可怕的是河水暴涨时，河流改道。努力避免河流改道是这个小小边境哨点的任务之一。

然而，约束一条河流比管控其他突发情况难多了。边境干旱少雨，战士们像盼望新年一样盼望雨水的到来，可是，等大雨降临，他们又害怕河水改道，于是对雨水的感情格外复杂。

河流太调皮，尤其是到了丰水季节。从山谷进入无际荒漠地带的小河，仿佛刚跑出圈的小羊，时不时地撒几个小欢。由于地势、土质等方面的原因，这段河流更容易改道，这可把哨所的官兵为难坏了。

河水汹涌澎湃，不停地冲击着河岸，准备随时冲出河岸的束缚。

不好，前面河流拐弯处，河水已经冲出河岸。一股不大不小的水流径直朝前冲去。

在这里，河流拐了个大的弯后又在不远处转了回来，形成一个两三平方公里的河套。现在这股水越来越大，倘若不能阻止，河流很可能会改道！

他用铁锹快速挖掘着河边的沙土，不停地向决口处丢去。两边水流较浅的地方慢慢被堵住，中间水流湍急，丢下去的沙土很快就被冲走了。

难办的是，由于挖得太久，他身边的沙土已经不能继续挖了，否则这地方又会形成一个大坑，进而吸引更多流水冲来。这可如何是好？

情急之下，他跳进了水里，用身体和手中的铁锨阻挡着水流。受到阻挡的湍急水流，不停地冲击着两边的河岸与丁梓脚底的河沙，丁梓感觉脚底的河沙渐渐被掏空，身体一点点往下陷。虽然是夏季，河水依旧冰凉刺骨，身上的热量渐渐被带走，身体日趋麻木。

如果不迅速离开，很可能就再也出不去了。可是，如果离开，河水势必会改道。孰轻孰重，丁梓心中明白。

他现在最担心的是即便自己陷进去，也无法阻挡河水改道。好在一团团风滚草随着水流飘下来，丁梓急忙用僵硬的胳膊将草拦了下来。借助草的阻挡，水流慢了下来。

终于，风小了，雨也小了，河水温顺了。河流不可能改道了！

丁梓长得高高瘦瘦，但是脑袋特别大，平日里战友们都喜欢叫他"钉子"。

"既然叫我钉子，那就让我当一枚守护祖国边疆的钉子吧！"丁梓努力地挺直身体，伸长脖子，咬紧牙关……当冰冷的水流没过他的脑袋，他依旧仰头望天，脸上带着不屈的笑意。

风停雨住，河水渐渐消退，当其他战士发现丁梓时，他只剩两只手还露在沙土外面，身体已经像一枚钉子，深深地钉进了祖国的边疆。按照丁梓此前的遗嘱，战士们在他钉入泥沙的地方堆了一个小小的坟墓。

二十三年后，一名年近五十的中年妇女执意从内地来到这里定居下来。她养了一群羊，一年四季在边境牧羊。这时的边境，与二十多年前相比，条件已经好多了，曾经寸草不生的荒漠已经长出了连绵不断的绿草和树木。每隔一段时间，就有位风华正茂的小伙，前来给其补充一些生活必需品。

这名妇女是丁梓的妻子兰兰，这是地处祖国西北的新疆，他们的老家远在上海。丁梓本想在那年冬天回家探亲，看看已经两岁却从未见过一面的儿子，可是在那个夏天他永远钉在了边疆。

那名小伙是他们的儿子丁石。丁石成绩优秀，高考后，他执意报考新疆的一所普通高校，并在毕业后留在了新疆工作。

就这样，他们相依相伴，无怨无悔，共同维护着可贵的人间至情，一起守护着祖国的辽远边疆。

◀ 走出迷境
·······················

　　第三次回到起点时，赵立、张建和王晓额头的汗水都顺着黄中带白的脸颊唰唰地往下流。

　　目力所及，全是参天大树，密密麻麻，无边无际，看不出变化，望不到边际。几天前，下过一场小雨，林中弥漫着淡淡迷雾。身边蚊虫萦绕，周围鸟鸣聒噪，野狼嚎叫此起彼伏……张建和王晓的腿禁不住开始颤抖……

　　明明是一直朝着南方走的，为什么走着走着就回到了起点？以前从未遇到过这种情况，这可如何是好？

　　天阴沉沉的，雾越来越大，看不见太阳，也无法确定时间。他们估计，已经是下午两三点了，必须尽快回到林场。如果天黑之前回不去，他们就很难活过今晚。出发前，他们没打算在森林住宿，什么准备都没有。

　　他们三个人同村，都是从老家山东到吉林闯关东的，赵立已来十多年了，张建与王晓去年才投奔赵立而来。

他们在森林深处的一处林场工作，附近森林里可以卖钱的东西不少，每当有空闲，他们就结伴出去，挖山参、采中药或猎取一些小动物，增加收入。

挖参异常危险，森林深处常有野兽出没，弄不好就会被野兽伤到。几乎任何有参的地方都会有毒蛇，许多挖参人，还没靠近山参，就已被毒蛇咬伤或毒死。在森林深处，经验不足者，一不小心就会迷路，挖参人永远也走不出森林的事时有发生。

虽然如此危险，但还是有很多挖参人冒险深入森林。任何挖参人，都梦想挖到千年人参，一夜暴富，虽然这种事的概率很低。

刚才他们挖出了一株形状怪异的老山参，凭直觉，这棵参肯定很值钱，具体能值多少，他们谁也拿不准。

森林深处怪事很多，据说挖参人遇到人参前，常会做奇怪的梦。梦见年轻人，参龄一般不久，梦见老人，一定是老山参。头天晚上，王晓梦见自己在森林迷了路，后来碰见一位老太太，在老太太的指引下，他才走出森林……

王晓把这个梦告诉了赵立，赵立说，今天我们可能会挖到老山参，他让王晓带头，朝着梦中的方向寻找，在离林场十几里远的地方，果然找到一棵老山参。

挖参前，他们与毒蛇进行过一次殊死搏斗。离山参十几米远，他们就被一群毒蛇围攻了。那是一群褐色小蛇，蛇体虽小，却有剧毒，只要被咬，必死无疑。不过张建擅长打蛇，他们在张建的指挥下，协同作战，很快击退毒蛇。

山参是我梦到的，不管卖多少钱，我拿七份，你们两个拿三份。

我今年三十了，家里屋都没盖，我想用这些钱盖屋娶媳妇。刚挖出山参，王晓就着急地说。

凭什么你拿七分，要不是我想办法打退毒蛇，你还能在这里说话？你想娶媳妇，我还想给我娘治病呢！张建说。

赵立紧绷着瘦长的脸，抬头看天。赵立很少说话，但是话一出口，掷地有声。他们都希望赵立表态，可是他一言不发。

看到了吧！弄不好，我们连小命都得搭上，怎么分钱重要吗？赵立终于发话。

要是有谁带着指南针，就好了，偏偏我们都忘记了。张建说。

说这些有什么用！王晓抢白张建。

他们同时看赵立。赵立再次沉默。野狼的嚎叫声越来越刺耳……

我们先走走看，老待在这里，也不是办法！过了一会，张建说。

如果方向不正确，胡乱走，还不如在这保存体力呢！赵立说。

这次我们不要再聚在一块，而是拉开距离往外走，每人相隔十多步，随时吆喝着，前面的不要回头，也不要转弯，后面的保持能看到前面人的后脑勺……赵立半天才说。

为什么要这样？王晓怯怯地问道。

别管为什么，听我的就是。赵立坚定地说。

王晓走在前面，张建在中间，赵立在后面。

不一会儿，张建和赵立就发现王晓转身朝他们走来。张建叫他不要转身，王晓认为自己没有转身。赵立说，啥也别说，转过身，往前走。不一会儿，王晓又转脸朝别的方向走去，张建急忙提醒……

就这样，他们边走边校正方向，等他们走过一道山梁，忽然，豁然开朗，林场就在前面……

他们都问赵立为什么这样能行，赵立笑着说，三个人聚在一起，几乎和一个一样。这样，既看得远，又能及时修正错误，三个人就能真正形成合力，犯错的概率自然就低了！

听完赵立的话，王晓和张建不禁面红耳赤。

这事发生在20世纪80年代，他们三个人都是我们村的。后来赵立一直在东北发展，现他自己经营的参厂规模已经很大。2000年后，王晓和张建回到村里，他们三人共同出资为村里修了一条通往山外的路，还合资在村里建了一家农产品加工厂。此后，我们村就比周围村更快地富裕起来……

◀ 永远的眼睛

也许是刚下过雨的缘故，路格外湿滑。虽说有人领着，林茂还是跌倒了三次。院子里的石凳干净而湿润，他刚坐定，就感到一股清新的凉意透进体内，他喘了几口气，说："孩子这么小，不上学怎么行？"

"是呀！老师。为了孩子，你都来三次了，要不是确实没有办法，我怎么舍得！"罗翔的爷爷颤巍巍地把一碗山泉水放在林茂面前。

"学习才能改变命运，不学习可能永远被困在山中。"林茂继续做思想工作，"再说，孩子小，不上学，能做什么？"

"至少能跟我刨点药草，学会在这山里生存下去！"罗翔爷爷叹了口气。

"罗翔跟你生活，孩子的父母呢？"林茂沉默了一会儿问道。

"这孩子，命苦！他父亲进山采药时，滑落悬崖，终归没能抢救过来。他的母亲从外出打工后，就再也没有回来过。这些年，孩子一直跟我过。"罗翔爷爷一边说一边揉着腿。

"孩子还小，跟你进山是危险的，你看这样行不行。我的眼睛视力几乎为零，靠自己根本没法完成备课和教学的任务，让孩子继续学习，一来国家减免贫困生的学费，不用你花钱；二来做我的特殊助教，给我读课文，帮我备课。我会支付他相应的报酬，保证生活上没有问题。"林茂说。

"怎么能要你的钱？你的工资又不高。"罗翔的爷爷看着在墙边小树上不停鸣叫的两只麻雀说。

"自从我的视力出问题后，我一直是让学生给我读书的，学生不固定，我备课难度格外大，也影响孩子的学习。既然罗翔不想上学了，他给我读书，是再合适不过的人选。"林茂解释说。

在林茂的一再劝说下，罗翔的爷爷终于同意了，罗翔也非常高兴。他本来就是给老师读书的主要成员之一。

本来，这个几乎与外界隔绝的山村教学点已经撤掉了，学生少，总共不到 10 个人，还分成了三个年级。因交通不便，进出山村只能靠徒手攀爬，没有教师愿意在这儿工作，勉强过来的，也很少能坚持一年以上。林茂从一则新闻报道上了解了这里的情况，大学毕业后从遥远的沿海城市到这边支教，他在这儿已经工作五年，在三年前的一次家访中，遇上山体滑坡，头部遭受撞击，本来就高度近视的他几近失明。出院后，他本来已经不适合继续从事教学工作，可是这个教学点撤掉后，有五六个孩子因为难以到几十里外的新教学点上学就会辍学。林茂就主动要求继续在这里教学，同时把已经辍学的几个孩子重新组织了起来。没想到罗翔复学不到一个月又辍学了，林茂就一次次进行劝说。

就这样喽翔复学了，林茂老师很是欣慰。

多年后，当大学毕业的罗翔走进学校时，正是课间，一群孩子围着林茂老师又唱又跳。十几年来，这个教学点不但一直保留着，而且规模越来越大。

几年前，一个开在山村附近的高速公路出口和一条美丽的盘山公路给这个闭塞了几千年的小村庄插上了腾飞的双翼。村集体有计划地搞乡村搞旅游开发，各地游客纷纷而来，村里的曲径石墙，村边的古树山泉，山上的森林梯田，都成了取之不尽用之不竭的财富源泉，更不用说那些珍贵的中草药以及各种土特产了。村里人渐渐富起来了，当初离开村子到外地发展的人都陆续回来了，就连外地游客也因为喜欢上了这里的青山绿水而定居下来，村里孩子多了，教学点再次变为一所正式小学。

大学毕业后，罗翔参加全县的教师招考，以优异的成绩顺利被录取，在选择工作学校时，他毫不犹豫地选择了黄柏小学。

"老师，我回来了！"听着这熟悉的声音，几近失明的林茂老师已猜出来人是罗翔。

因为不断有新教师加入，即将退休的林茂老师只从事学校少先队辅导员工作，他的思政、道法讲座深入浅出，紧扣现实，很受学生欢迎。

"老师，没有您的无私付出，就不会有我的今天。您给我的每一笔钱，我都记在本子上，也刻在了心里。我从大学，就开始学习写作，并拍摄短视频。我现在已经是省作协会员了，我的收入不但保证了上学的开支，还有不少盈余。最近我攒足了您这些年来对我的资助总数，我全部还给您。"这天，在办公室里，罗翔紧紧地握着林老师的手说。

"我哪里资助你了，那都是你应得的劳动收入呀！这钱我不能要！"林茂不住地摇头。

"老师，您的良苦用心，我现在还能不明白吗？老师，我永远是您的眼睛，以前我帮你读书备课，现在我随时为你观察生活，并描绘这绚丽多彩的世界。其实，用文字礼赞这美丽的世界，是我进行写作的最初动机。"说这话时，罗翔看见老师的眼睛湿润起来了，自己的鼻子也酸酸的。

那笔钱，林茂到底还是没有收下，罗翔设立了以老师名字命名的奖学金，专门用于资助和奖励那些勇敢追梦的家庭困难的学生。

回家吃午饭

◀ 家　书
·····················

捏着信，心情复杂。

这些年来，收阅家书，让他快乐，也让他痛苦。

寒来暑往，转眼间，他已经离家十三个春秋。他回想起匆忙离家的那个清晨，天空晨星闪烁，家中静谧清凉，父母鼾声均匀，儿女睡姿可爱。

妻子似乎预感到那是一次不同寻常的离别，她没有像往常一样送他到街角就停下，而是执意送到大路口，并坚持站立在清凉的晨风中等待。汽车慢慢驶来，停稳，缓缓起步，他看见晨光中妻子的泪光迅速丰盈起来。此后，他对妻子的记忆也就定格在那只在寒风中不停摇摆的手上。

这些年来，家书是他了解家中情况的唯一渠道。

通过家书，他知道老父行动日渐不便，母亲腰疼日趋难忍，孩子成长需要父爱而不得，妻子操劳之余连偎依一下丈夫的愿望都无法实现。父母渴望知道儿子这么多年为什么一直不回家，儿女渴望见到甚至忘记了什么模样的父亲。妻子是信任他的，但是他难免让人生疑。毕竟这么多年没回过家，就连有限的回信也寥寥数语，答非所问。

信很轻，他却觉得异常沉重，捏信的手指渐渐发木。麻木的感觉顺着手指逐步扩展，几乎布满整只手臂。

信是谁写的？父亲，还是妻子？

通过此前来信得知，年逾古稀的父亲身体欠佳，他隐隐觉得父亲得了重病，被病痛折磨的父亲希望能从儿子那里得到一份支持，可是儿子给他的只有伤心和失望。父亲的不满虽然潜藏在文字深处，但力量巨大。这信如果是父亲写来的，很可能涉及病情，父亲已经康复，还是愈加严重？胸中怒火已经熄灭，还是愈燃愈烈？

妻子的文字简洁、朴素，包含着为人妻母者的温婉和坚韧。她总是回避对夫妻感情的回忆。妻子来信渐少，已经一年多没有收到妻子的信了。这信如果是妻子寄来的，她又会跟自己诉说什么？是孩子调皮让她生气了？还是门前池塘里的蛙鸣依旧让她彻夜难眠？

他捏着信，搓来搓去，期待尽快了解信的内容，又害怕看到信上的任何文字。

终归还是得看的。他闭上眼睛，平静心情，拿起小刀，慢慢把信割开。

是父亲打来的。

"为父病重，时日无多，务必速回！"

他的心提到了嗓子眼上。他拿着信，一遍一遍地读，直至泪水模糊了双眼。

遇到任何事情，他都有分析推演的习惯。父亲为什么没有详细诉说病情，是有意回避，还是另有缘故？也许父亲正在被病痛折磨，写这些字，已经让他疲惫不堪。也许父亲内心饱含怨恨，实在不愿意多写一个字。父亲的字与平日差别不大，但有些笔画异常潦草，有些笔画格外刚劲，看来父亲写信时心情异常激动。

他希望父亲是因为生气而故意试探他，用这种方式逼迫自己回家。想到这里，他愈发觉得自己无情，没准病重的父亲正在痛苦中苦苦等待，他希望能够获得来自儿子的关怀，甚至只等见儿子最后一面。自己不回家也就罢了，反而怀疑父亲。

心一揪一揪地疼，他站起来，望向窗外。

天空高远，点点星辰在浩瀚宇宙散发着光芒。它们看上去那样渺小，但他知道，它们都在遥远时空里轰轰烈烈地燃烧。一颗流星迅速划过天空，那是它用自己的生命为这个世界奉献的最后一份光亮。

回信问明父亲病情？问明了又能怎样？父亲病重，不但不回家，而且还怀疑父亲，这样的儿子又是多么不孝？

望着星空，他轻轻地叹了一口气。

已是凌晨两点，他必须休息了，休息好，才能保证工作效率。无数科研难关等着他攻克。然而，那夜他翻来覆去，直至起床闹铃响起也没能安睡半刻。

十几年后，当他重新回到家乡时，离家已经整整三十年了。

他见到了老态龙钟的母亲，却没能见到父亲。父亲已去世八年。当初，因他多年未归，并出于保密的需要一直没有告诉家人具体原因。父亲想通过这种方式试探儿子，让儿子回家。也是那封信，凉透了父亲的心，他至死也不知道儿子从事的是什么工作，更无法原谅儿子。

　　他跪在父亲坟前久久不起。凛冽的寒风不时打旋，他头上白发飘晃，父亲坟头绿草摇曳。

◀ 最后的午餐

望着窗外，李月有些出神。

碧草接天，白云悠悠，群鸟或在天上自在地飞翔，或在草木间欢快地鸣叫，黄河浩浩荡荡，以看似安静祥和实则势不可挡的态势奔向无边大海。

虽然已经在这片湿地工作近八年了，但是从这个角度欣赏湿地还是第一次。

这家酒店的老板顾会做生意，据说从酒店任何一个房间都能够欣赏到辽阔湿地的别样风景。在这里观鸟、吃饭、摄影俱佳，因此生意也就格外好。虽说远离城市，但不提前预订，几乎不可能有房间，尤其到了观鸟旺季，真是一房难求。

这个房间是李月提前十天预定的。为什么非得选择这家酒店，哪里不都一样？李月有些自嘲地摇头。重要的事情，总得有点仪式感。李月转而这样给自己解释。想到这里，李月黑里透红的脸上露出一丝复杂的微笑。

"美女，您好！什么时候点菜？"服务生敲门进来，客气地问。

"再等一下吧！"李月看了看表，才知道已超过约定时间半个多小时。这些年，她把很多事想透彻了，也习惯了孤独。

王东推门进来时，李月依旧痴痴地望着窗外。

近一年没见到王东了，当他突然站到自己面前，李月胸中顿时翻江倒海一般，若是从前，她会扑到他的怀里痛痛快快地哭一场。现在，她只是不满地看了他一眼，就转向窗外。准时，是一个人最起码的礼貌。以前，他可不是这样的。

他跟她一起看窗外。

一对东方白鹳正快乐地飞舞着。它们刚刚在不远处的一棵大树上选定了自己的筑巢之处，正沉浸在幸福之中。更远处，无数的飞鸟翱翔着，将蔚蓝天空衬托得异常高远。

"你没有要跟我说的话？"李月望着窗外，突然问道。

"是你约我过来的，我自然服从你的安排，你总不至于把我约到这里，就是为了让我欣赏风景吧！"王东的反驳冷静而理智。虽说无情，却也在理。

"我如果不开口呢？你就打算一直跟我看风景！"李月继续追问。

"当然不会。只看风景，恐怕酒店不答应。"王东笑了笑，接着问，"对未来，你有怎样的打算？"

真是有备而来，这话问得看似随意，实则直指要害。显然，王东不想在聊天上耽误太多时间。

"我不可能离开这片湿地。"李月也直奔主题。

"我更不可能离开自己的行业。"

"所以，这就是我们最后的午餐！此后，我们互不打扰。"李月咬了咬嘴唇说。

"你会为你的决定后悔的！"

"即便后悔，那也是我的事。"李月简洁地说。

李月跟王东是从上研究生开始恋爱的。李月学的是鸟类学，毕业后，毅然奔赴黄河三角洲湿地工作，专门研究湿地鸟类的迁徙与保护工作。孤身一人，深入湿地，长年累月地仔细观察研究鸟类的生活是她的工作常态。王东学习的是计算机专业，毕业后，去了南方一家大型计算机公司，在广州工作。空间上的距离为最初的情感抒发提供了客观条件，但当他们考虑结婚时，却不得不面对残酷的现实。王东希望李月能够放弃自己的工作到南方发展，甚至多次提前为她联系了工作单位，那些单位的工作条件和实际收入都比李月现在的工作强多了。李月却深深爱上了这片土地和这儿的鸟儿。

这次李月把王东约到这里，就是想为他们的感情做一个决断。只是她没有提前告诉王东。当然，从王东的种种表现来看，他已经感觉出来了。

"喜欢吃什么？放心点吧！别客气，我请客。"过了好久，李月才从僵硬的脸上挤出一丝微笑。

王东扫点餐码，仔细地挑选了好久。他果然没客气，饭菜很丰盛，并且多是他自己喜欢的。李月只是礼貌地挑了一点慢慢地品，王东却吃得很洒脱，不住地吧唧着嘴。遇到可口饭菜，王东吃饭时总是控制不住地发出吧唧声，从恋爱开始，李月就给他纠正，经过多年努力，"吧唧"声已几乎消失。从这顿饭王东近乎夸张的"吧唧"声中，李月想象到了王东在南方的生活状态以及即将彻底自由后的快感。

"我吃饱了，你不会也吃饱了吧！你的工作需要体力，吃这么少不合适！"王东抚摸着圆滚滚的肚皮对李月说。

李月从王东的表情中发现了异样，她直直地盯着他，企图破译。

"知不知道黄河三角洲生态监测中心，我已经辞掉那边的工作，准备到这里来上班了！谢谢你在这么高档的酒店为我接风！"王东突然坏坏地说。

李月心头一震，过了好久，才扑到王东怀里捶打起来。

◀ 玻璃碴的春天

当老严打我手机时，我正坐在电脑前发呆。

老严找我，多数是喝酒。这次照旧，一起喝酒的还有老张。

我们三个相识于高中时代，当时都是校文学社主力。办刊空暇，经常在一起聊文学。那时，我们对文学都非常痴迷，以至于把学习置之脑后。进入高三，学习异常紧张，他俩依旧沉浸在文学世界中不能自拔，我则在文学与题海的边缘艰难地挣扎。高中毕业后，他们落榜，我勉强考上专科。

后来二十多年间，我们几乎失去联系。直到最近几年有了微信，联系才多了起来。

记得第一次见面，自然还会聊文学，老严说自己毕业不久就开始养猪，现在养殖场有上千头猪，至于文学，早就戒了。我在一家工厂上班，工作很累，还经常加班，写作只是业余爱好，业余时间少，我又懒惰，每年写不了几个豆腐块。只有老张依旧痴心创作，他生活在农村，除了农忙季节之外，一直在家写作，作品经常在全国知名刊物发表，在本地文学圈已小有名气。但经济收入有限，日子过得比多数农民还紧巴。

那之后，老严的单位每次需要材料，他都会让我们帮忙。

这次，说是喝酒，其实还是叫我们帮忙，他现在急需一份汇报材料。

"当年雄心勃勃的诗人，沦落到连写个普通材料都需要找人了。你的头脑中除了猪还剩下什么呀？"我开他玩笑说。

"离开猪，我吃什么呀！"那天，我们边喝边聊，老严不无感慨地说，"可怜我当年那灿烂辉煌的诗人梦呀，被现实打得稀碎稀碎的！所以我敬佩你们，尤其是老张，当然，文学梦要坚守，但也不能太脱离现实了，毕竟我们都还得生活。"

"我一直在探索文学与现实的结合之路，除了传统文学创作之外，我也在尝试故事写作，最近这两年我还开通了个人的微信公众号，通过别人打赏增加收入，这一块发展空间很大……"老张自信地说。

那天老严承诺写好这个材料给 5000 元的报酬。

"这家伙看来真是有钱了，不过钱咱可不能要他的。"喝完酒，老张跟我商议道。

"我觉得他太过分，仗着有钱支使别人！他自己真不会写？要说没时间，我们也没时间呀！谁的时间不宝贵？所以咱不但要，而且多要。"我说。

等材料写到一半时，我们以写作困难为借口又笑着要他再加2000 元，他犹豫了一下就答应了。

后来老严照旧经常找我们写东西，再加上微信公众号的收入，我们的日子宽裕了许多。

我们的好日子在老严出车祸后戛然而止。老严在那次车祸中受伤严重，他的养殖场停办了。当然，他不会再找我们写材料了。与此同时，我们的固定粉丝也不再给我们打赏。

我们这才恍然大悟，给我们打赏最多的那个网友是他的另一个微信号。

我们去看老严那天，是个严寒的冬日。

那时，老严坐在阳台上，正在构思一首诗，旁边放着他的双拐。在那场车祸中老严救出了一个突然冲到路上的孩子而自己残废了双腿，从此，他只能靠双拐行走了。

人到中年，忽然遭遇这样的不幸，我们此前想好的安慰他的话一句也说不出来。后来我们开玩笑说他不够朋友，一直给我们打赏，却不吱一声。

老严笑着说，文学创作者处境太难了。其实他养猪，除了维持基本生计，就是想靠自己的努力支持一下有潜力的文学创作者。我们仅仅是他默默支持的无数文友之一。他说，自己虽然能力很有限，但他的一点付出，没准能支撑某位文学青年奋斗许久。

我们再次被老严深深感动。

这时我们才认识到，老严所谓找我们写材料，其实也是变着方式支持我们，我们更加为误解了他而难过。

那天，外面气温很低，西北风特别大，但阳光很好，透过玻璃照进屋里，让人觉得格外温暖。

"其实我骨子里是喜欢写诗的，这些年我一直为生活奔忙……这样也好，我终于有时间思考并写诗了。这首，刚写完，要不你们给看看？"老严打破现场的沉默说。

　　"墙角那块不起眼的玻璃碴，

　　将一束苍白的冬日阳光，

　　燃烧成绚丽多彩的春天……"

　　我们才读几句，就已泪眼蒙眬……"

◀ 导　向
....

欣赏着眼前的摄影作品，赵峻若有所思。

这两幅作品拍摄对象都是中华秋沙鸭。其中一幅名为"奋飞"，画面是四只中华秋沙鸭从水面上起飞时的场景，图像清晰，布局合理，整幅摄影张扬着蓬勃的活力和饱满的激情。另外一幅名为"静美"，画面中的四只中华秋沙鸭，两只静卧在岸边的石头上安睡，两只在水里缓缓游动。整幅画面温馨和谐，自然静美。

近日，青山市组织了一次摄影比赛，希望通过影像，反映近十年来青山市在经济社会发展方面取得的巨大进步。这次摄影比赛，不仅参与面广，而且摄影作品质量高。最让主办方高兴的是征集到了两幅以中华秋沙鸭为拍摄对象的作品。

中华秋沙鸭是第三纪冰川期后残存下来的物种，距今已有一千多万年，是中国特产稀有鸟类，属于国家一级重点保护野生动物。目前，中华秋沙鸭数量稀少。近些年，在国家的全力保护下，虽说种群数量不断增加，也只有 3000 只左右，是名副其实的珍稀濒危动物。

随着中华秋沙鸭种群数量的增加，其栖息地也在逐步增加。因为中华秋沙鸭对生存环境，尤其是对栖息地水质要求极为挑剔。哪个地方有中华秋沙鸭出现，不但从侧面说明当地环境保护方面取得了优异成绩，而且对旅游和在全国的知名度的提升都有很好的促进作用。

最近几年，先后有群众反映在本市碧水湖发现了几只长相独特的水鸟，据有关目击者描述，专家综合分析，该鸟是中华秋沙鸭的可能性很大，于是新闻媒体竞相从不同角度报道本市出现了中华秋沙鸭的消息。报道虽然很多，但是缺少清晰的照片佐证。想不到这次摄影比赛一下就征集到了两幅作品，这怎能不令人惊喜。

"赵部长，您对这些拟获奖的作品，尤其是这两幅关于中华秋沙鸭的摄影作品有什么意见？"具体负责组织这次摄影比赛的王华副部长问道。

"很好！都很好！这两幅摄影作品都很有价值，作品充满激情，富有活力。能够拍到这样的照片，不但需要很好的相机，还要有足够的耐心。其余作品也都非常好，这些作品从不同侧面反映了我市发生的巨大变化。能够征集到这么多高质量作品确实很令人高兴，看得出来，摄影者对全市发展情况非常关心、非常了解。当然，成绩的取得离不开你们的努力，说明你们组织这次摄影比赛确实动脑子了！"宣传部部长赵峻说。

"评委们的初步意见是'奋飞'拟获特等奖，'静美'拟获一等奖。您觉得合适吗？"王华问道。

"我觉得获特等奖的作品应该是'静美'，至于'奋飞'，可以获奖，但等次必须下调，具体等次，你们综合考虑。"赵部长思考了一会后说。

"从摄影技术与难度来说，评委们的一致意见是'奋飞'更高一筹，画面布局也更加合理。结合作品的命名，'奋飞'具有明显的象征意义，从侧面反映了青山市奋力发展实现腾飞的过程。这是评委们拟给'奋飞'获特等奖的理由。能否告诉我您这样调整的原因，我也好和专家评委们解释，免得让他们说我们不尊重他们的意见。"王华小心翼翼地解释说。

赵峻略加思索，说道："我喜欢研究鸟类，中华秋沙鸭在我市出现后，我对这种珍稀鸟类做了进一步的研究。中华秋沙鸭生性极其警觉，特别是看到人类活动的身影，马上就会惊觉逃离。有不少摄影爱好者为了拍摄到更清晰些的中华秋沙鸭画面，总是设法靠近它们，这难免影响到它们的正常栖居。更有甚者，有些摄影爱好者为了拍摄到中华秋沙鸭起飞时的镜头，故意惊吓它们，让其飞舞。你仔细看看'奋飞'这幅作品，四只鸟是朝三个方向飞走的，圆睁的眼睛里似乎包含着惊恐之意。正常情况下，是因为受到惊扰才这样的。中华秋沙鸭来我市栖居，是我们的骄傲，老百姓喜欢它们可以理解。然而，喜欢，就应该让它们安静地生活，不要对它们造成任何形式的惊扰。我们的摄影比赛是一种导向，如果'奋飞'获大奖，摄影者在今后拍摄鸟类时，难免就会为了拍摄效果，故意对鸟类进行驱赶，这显然违背了我们的初衷，更不是我们想看到的结果。"

听着赵部长的分析，王华不住地点头称是。

在那次颁奖典礼前，大家都预测呼声最高的"奋飞"必获大奖。在颁奖典礼上，主持人宣布获奖名单时，现场一片愕然。当主持人解释过原因，大家又纷纷点头。

坐在颁奖现场最前排的周明明，格外引人注目，他一开始毫无反应，停顿了好久，才开始慢慢点头。他是"奋飞"的作者。作为摄影者，他很清楚，当时，中华秋沙鸭确实是因为受到惊扰而起飞的，不过惊扰它们的不是自己，而是一阵徐徐清风吹来后从树上突然落入碧水中的成熟野果。

◀ 遍野荆花

在怪石嶙峋的山坡上，王亮小心翼翼地攀爬着。爬累了，就坐到山石上挠一阵头。遇上难以解决的事，王亮有挠头的习惯，挠来挠去，头发越来越少。这不，今天又把本就稀疏的头发挠掉了无数根。

崮崖是个小山村，全村500多口人，只有不到300亩山岭地，却有6000多亩山场。可这么多山场有什么用，这是水源缺乏，土壤贫瘠，几乎连一株大树都长不起来的山岭呀！凭自己的本事，让老百姓靠这些山岭富起来，那真是痴人说梦！

可即便是梦也必须做呀，谁叫自己是县里派到这个村的第一书记呢！带领这个村长速脱贫是自己义不容辞的责任。

爬到山腰，王亮已经累得气喘吁吁了。站在这里放眼四望，山野怪石遍布，植被稀疏。多数植被是一种叫荆棵的低矮灌木，偶有几棵针叶松、刺槐之类的，也长得歪歪扭扭，一副苦大仇深的架势。他的心里更加迷茫了。

再往上爬，山坡更陡了，王亮虽然累得浑身冒汗，但还是硬撑着继续往上爬，他在心里暗暗鼓劲，一定要爬上山顶！

快到山顶时，他脚下一滑，多亏拽住手边的一株荆棵才没摔倒，当他站稳身子，发现已经几乎将那株荆棵拔出来了。

他仔细一看，这棵荆棵植株虽小，根部却遒劲有型，像极了奔跑的骆驼，非常好看。他把荆棵拍照后发到微信朋友圈，竟有好几个人争着买，争来争去，把价格抬高到100多元。

一棵100元并不多，可是几百万棵呢！这里的6000多亩山场几乎全部长满了荆棵呀！如果把这些荆棵加工成盆景，即便每棵卖三五十，也是一笔很可观的财富呀！

回到村里，王亮很快就拟好了脱贫方案。这夜，他兴奋得几乎一夜未眠。第二天是村里的议事日，等大家到齐，王亮就匆忙宣读了脱贫方案。

他们听完，面面相觑了许久，最后又把眼光汇聚到王亮身上，王亮顿时被他们看得心里发虚。

"这办法真好！我们以前怎么就想不到呢！"直到村主任张凯带头说好，大家才纷纷跟着称赞起来。

王亮做事干脆，再加上第二天他要去县城参加一个培训，就当场把任务安排了下去，有负责挖荆棵的，有负责整理定型的，有负责网上宣传的……

等半个月的培训结束，王亮兴冲冲地回到村里，才知道工作几乎没有一点进展。王亮气得随手拿起一块山石，奋力扔出去，山石落地时惊得一只正在打盹的瘦狗落荒而逃。

"我算是知道你们受穷的原因了，思想跟不上，行动也跟不上！你们不知道在经济飞速发展的今天，半个月的时间有多么重要……"王亮把村主任张凯一顿好训，"你必须给我解释清楚，你们在这件事上，为什么迟迟没有行动！"

张凯沉默了许久，才解释说："那天您事先没和我们交流就宣读了脱贫方案，因为您是上级刚派来的，大家都没好意思直接提反对意见，其实荆棵值钱的事村里人早就知道，不过以前谁也没想把荆棵刨出来卖钱。这地方自然条件差，即便一株很不起眼的荆棵也可能是经过几十年甚至几百年才好不容易长成的，如果把这些荆棵刨掉了，环境就更差了。这些日子，我们讨论来讨论去，最后还是形成一致意见——宁愿继续受穷，也不发这样的财。"

张凯说完，王亮觉得脸上火辣辣的，比被人当众打了几耳光还难受。

转眼间，荆花遍野的夏天来临了。这天，王亮和张凯爬上村东的一个山头，站在山顶放眼四望，整个山野到处是淡紫色的荆花，微风徐来，荆条轻摆，花间蝶飞蜂舞，鸟鸣啁啾，空气里弥漫着淡淡的清香。

他们禁不住相视而笑。

原来，王亮的脱贫方案被否决后，经过集思广益，崮崖村终于找到了一条适宜的脱贫之路，那就是利用这遍野荆花，大量养蜂并生产纯正的荆花蜜。

崮崖村生产的荆花蜜，色如纯净琥珀，入口留香绵长，投放市场后供不应求。从此，这遍野荆花成为村里永不枯竭的财富之源……

玉碗金莲

俗话说，"有钱难买金镶玉"。纯手工金镶玉制作工艺精细复杂，会这种技艺的多在宫中，乾隆皇帝甚至规定金镶玉为宫中独有。清代末期，皇族没落，金镶玉技艺也近乎失传。

莒东冯家有一金镶玉制作世家，其技艺世代相传，至今已有200多年。

据说冯家祖上曾在宫内制作金镶玉，离开皇宫后，一直淡泊名利，低调处世，技艺虽世代相传，却鲜为人知。

至冯淳这一代，制作技艺已炉火纯青，但对他来说，制作金镶玉只能算业余爱好，在世人眼里，他就是从土里刨食的地道农民。

冯淳制作金镶玉很用心，作品多有一种超凡脱俗的美。当地很多名流都渴望拥有冯淳制作的金镶玉，无奈他的作品甚少，再加上其为人怪异，多数人难以如愿以偿。冯淳这样，世人多有微词，然而他照旧我行我素。

莒地历史悠久，民间多有老物件流传。这日，好友老孙拿来一只玉碗，这碗做工精细，造型古雅，美中不足的是里面有两处碰伤，碗口处有一半指甲盖大小的破损，下面连着一道差点到达碗底的裂纹。

冯淳拿到玉碗后先是感慨一番，然后慢慢斟酌镶嵌方案。冯淳知道，修好了，玉碗的价值甚至会超过从前，修不好，这碗就彻底毁掉。因为自己对这种玉的硬度把握不准，在开槽与嵌入金丝等环节都可能把玉碗弄坏。

为了修复玉碗，冯淳用了一个多月的时间，前十多天他一直在把玩琢磨，中间十多天又在思考所用图案，最后十几天，他一直在仔细镶嵌、处理。

当老孙再次见到玉碗后，顿时惊呆，碗里有两条栩栩如生的金鱼，从碗侧生出一朵莲花，花朵含苞欲放，正好盖住了玉碗的破损之处。因做工精细，图案生动逼真，一般人难以看出这碗曾是件残品。

一年后，冯淳突然接到了获奖通知，他这才知道"玉碗金莲"获市文艺奖民间艺术类唯一的一等奖。这时他才想起来，此前老孙和儿子都曾劝其报名参加评选，他却拒绝了。拿这件作品报名是老孙和儿子一起商定的。

冯淳获奖后声名鹊起，前来求他镶嵌玉器的人与日俱增，有些人甚至故意把玉器弄坏了来找他修补。

冯淳哪有这么多的精力，他只能拒绝。越拒绝，人家越求他。至于求他的手段，可谓无所不用其极，有天天待在他的家门口企图让其感动的，有从他的家人身上做工作以求曲线救国的，有财大气粗表示要多少钱随便的……当然，也有不少人打算买冯淳已经制好的物品，可是除了一些小物件，上档次的大作品，他一件都不舍得卖。

这日邻居笑问冯淳，面对发财机会，他何以能如此淡定。冯淳淡淡地说："制作金镶玉，玩的是金玉，最大的忌讳就是掉进钱眼里。那样，就不是人玩金玉，而是人被金玉所玩了！"

其后，几件难事让老冯一筹莫展。一是近30岁的儿子因为没在城里买房而一直没找到媳妇，二是岳父因冠心病住院自己却没钱帮助治疗，三是村里就要进行旧村改造，冯淳家至少需要投入20万才能购入改造后的楼房……

因为一直拒绝沾染铜臭，冯淳家有限的收入只能维持日常生计，几乎没有盈余。面对困境，冯淳颇感迷茫。

有无数人找老孙求购"玉碗金莲"，老孙一开始坚决拒绝，最后还是悄悄卖掉了，据说卖了30多万。后来冯淳才知道玉碗是老孙花两千元从古玩市场上淘来的。要不是经过镶嵌，2000元怕已经是最高价位了。冯淳心里颇感不平。

这年下半年，老冯一直深居简出。有一个多月时间，干脆闭门谢客，即便与家人也很少交流，多数时间独自待在制作间，谁也不知道他到底在干什么。

这天，冯淳突然向家人宣布了一项重大决定，那就是筹钱在县城繁华地段开一家金店，经营金玉制品，并同时承揽定制各种金镶玉。

"冯家金店"开业之际，前来祝贺者络绎不绝。老孙带来一个神秘的礼盒，冯淳打开后顿时惊呆。

　　"你不是早把这宝贝出手了吗？"冯淳惊问。

　　"是有无数人打算买，可我能卖吗？即便卖，那也得你卖呀！买这碗时，我就打算送给你！至于以前为什么故意说卖掉了，那可得靠你自己琢磨！"说这话时，老孙笑得高深莫测。

　　冯淳定定地看了老孙好一会后脸色大变，继而朝老孙深深地作了一个揖，老孙也急忙作揖回礼。那时，人们看见两位老人的眼里都有泪光闪动。

◀ 斗方圣手

多数画家，作画都是从小尺寸作品开始。以后，水平提升，名气增大，画幅尺寸也随之渐长。然而初云星却与众不同。他少年成名，中年退隐，作画半生，一直固守着最初的尺寸，始终不改。

初云星六岁那年开始跟父亲学习绘画，二十三岁那年，在一次重要画展中战胜众多画界名宿斩获大奖，获奖作品被一位外地书画商高价购去，从此名声大振，前来购画者渐多，初云星便自立门户开起了画社。画社名为初见。

初云星作品都是一尺斗方，内容多为花鸟。花鸟品类繁多，所有作品，绝无雷同。对多数画家而言，复制内容差不多的作品，速度快，易出彩，能快速赚钱，初云星偏不这样。

曾有富商购得一张牡丹图，挂于商号，被同是富商的友人看中。富商承诺为其购买一张同样的作品，来画社，求初云星。无论富商如何加码，初云星都绝不答应，富商最终愤愤而去。

初云星除了不重复自己作品，还不画其他尺寸作品。见其作品精美无比，无数人欲求其大尺幅作品。可无论富商巨贾，还是普通百姓，初云星全部一概拒绝。有人问其为何如此，初云星往往回答，尺幅作品都漏洞百出，大幅作品岂不更贻笑大方。

初云星生于1898年，其画社兴盛于20世纪30年代初。随着社会动荡加剧，他的生意也大受影响。尤其是日军占领莒城前后，很多人逃离县城，画社经营举步维艰，众多书画社纷纷倒闭，初见画社却克服困难奇迹般生存了下来。

1943年初春的一个平静下午，初云星正在店里琢磨一幅小品，做皮货生意的李老板昂首挺胸走进店来。"有人想要一幅你的八尺长卷，至于价格，您随便要。"李老板在椅子上坐定后摇着纸扇说。"李老板说笑了，我哪有本事画这么大的作品，只会画一尺斗方。"初云星放下画笔说。

"可是这人就要八尺长卷，您再考虑考虑，对方要求半月之内交画。"李老板把一张纸条递给初云星说，"对方说，只能保证你儿子半个月的安全，半月以外，你儿子生死难料。"初云星展开字条一看，那是儿子初东的亲笔信。初云星这才知道，儿子初东被人绑架了。

初东是初云星唯一的孩子，自十几岁就在外求学，后来参加革命，想不到竟落入坏人之手。一边是自己的规矩，一边是儿子的安危。莒城人纷纷清测怪人初云星该如何选择。

其后，李老板又接连几次来初见画社，每次都悻悻而去。半个月之后的一天早上，初云星儿子的尸体出现在了画社门前。

初云星办完儿子丧事后，画社许久未开。大家都以为画社不会再开张了。想不到半个月后，画社竟奇迹般重新开张起来。

遭遇丧子之痛后，初云星画风不改，尺寸不变。宁愿搭上儿子的性命，也坚决固守自己的艺术追求，初云星的倔强令多数人觉得匪夷所思，有些人甚至借此对其展开攻击，初见画社的生意也大受影响。

初见画社惨淡经营，也曾几度关闭，但往往不久又再次开张。画社彻底关闭于 50 年代初期，那时初云星方五十多岁，正是大展宏图的时候，想不到他却干脆利索地关闭画社，到一家工艺美术厂当了个工人，做了一名再普通不过的描画师傅。

初云星关闭画社后，多有私下求购其画作者，他一概婉言谢绝，令无数人遗憾无比。

多年之后，人们的新修的莒县县志上看到这样一段记载："莒城画界，多有义士，他们以卖画为依托，将很多重要情报藏于画面内容之中，因技法独特，外人无法识破。他们以此方式传递情报，为打败日寇和解放全国作出了一定贡献。"

据知情人透露，初云星就属这些义士之一。有人说，杀害他儿子的人，是与日军有勾结的汉奸，他们怀疑初云星有问题，但一直没有找到确切证据。求购其大尺幅画作期间，一直在暗中逼其就范，初云星不从，他们就杀害了他儿子。

初云星画作虽数量不少，但留存下来的，多被视为珍宝，一般人不忍易手，因此市面鲜见，价格奇高。后人有想破解其画作暗藏秘密者，多数一无所获。偶有自以为成功者，找初云星求证，其皆笑而不答。

◂ 厚德载物
....

"一万元，买我一百幅画。老板，可否告诉我，您这样做的真实原因？"沈铭问这话时，没有勇气盯着苏世恒，而是越过其异常骨感的脸庞，散落在大街上来来往往的人群上。

"我是商人，您只管给我画，别的与您无关。"苏世恒微笑着说。

"我的画几乎不值钱，您用这么高的价格购买可能是吃亏的。"沈铭真诚地说。

"你如果对润格满意，就认真画画吧！我希望您给我的每一幅画都是自己最满意的作品。钱我现在就给你，您什么时间交画，我不计较。三五年可以，三五十年也没关系。当然，我更喜欢你每年给我三五幅，免得您作画太累，或影响了你的正常生活。"苏世恒说完，拿出一份合同，待沈铭签好，便把一捆钱轻轻地放在桌子上。沈铭对着钱久久发呆。

莒地画家多，经营书画的也多。多了，竞争就激烈，在书画市场发点小财并不难，要想发大财就得靠实力了。苏世恒经营书画算是半路出家，四十岁之前，先是四处打工，后来开了一家吹塑厂，在他的塑料生意搞得风生水起时，却突然把公司卖给别人，搞起书画生意并开了一家画社，店名为"厚德书画"。一个不太懂书画的人，心血来潮般搞起了书画，多数人并不看好，想不到二十后，"厚德书画"成为莒城最成功的画社之一。

这日午后，苏世恒正在店里闲坐，沈铭走进店来，苏世恒急忙起身迎接。展开沈铭新送来的画作，苏世恒微微点头。"沈画家的作品越来越成熟了。这应该是您给我的第九十九幅画了吧！我早就说过，您不必继续给我画了，您如果执意要给，我该给你润格。"

"不用，绝对不用，您当初买我的画，并提前给我钱，可谓雪中送炭。您知道，当时我母亲病重，我学画又没有任何收益，正是最窘迫的时候，没有您，我可能早就放弃学画了。这些年，我一直在努力，除了我对绘画的热爱，还害怕辜负了您对我的期待。我还欠你一幅画，这事我将铭记。"沈铭说这话时，眼里闪动着泪光。送走沈铭，苏世恒安排人把那幅画收好，珍藏于画室。

十年之后的一天，沈铭再次走进厚德画社。画社刚扩展了店面，迎面悬挂着莒地书法圣手徐岚先生的巨幅书法"厚德载物"。"欢迎主席大驾光临！"白发苍苍的苏世恒急忙起身迎接。此时距离沈铭交第一幅画，已有三十六年。三十多年间，沈铭由二十出头的小伙变成年近花甲之人，苏世恒更是变成年逾古稀的老人。

"莒城画社林立，世恒画社生意兴隆，成为画界标杆实属不易。"沈铭赞叹道。"那还不是多亏了主席的鼎力支持。"苏世恒真诚地感谢道，"还是让我先欣赏主席的大作吧！"苏世恒之所以如此称呼，是因为两年前，沈铭已经当选为莒城书画联谊会的新一届主席。

那是一幅九平尺的斗方。画面为沈铭最擅长的山水，内容为取材于"莒州八景"的"屋楼春晓"，画幅尚未全部展开，一股磅礴的壮美之气已经扑面而来。现在沈铭画作的价格早已超过每平尺 10 万元，这样一幅精美作品，价格应在百万之上。苏世恒心想。

"这画太好了，但我绝对不能要。"苏世恒很坚决地说。

"您如果觉得满意，就如实告诉我当初为什么以这样的方式买我的画吧？"沈铭笑着说。

"大量购进将来可能会出名者的作品，是莒城画界多用的经营方式之一，不过我进行了改进。经商与购画，我都是以德为先。买谁的画，我看的是画家的品行。鉴画先看人，德厚万世昌。先生年轻时就颇有儒雅之风，您对母亲的孝道更是深深打动了我。当然，提前给你润格，也为了方便您为母亲治病。"苏世恒微笑着说。"今后生意，还望主席多加照顾！这画我替主席以怎样的价格出售，请直言。"

"画是您的，以怎样的价格出售，完全是您的事。如果说我还有什么要求，就是不要再高价出售我早年那些没有多少艺术价值的习作了……"说这话时，沈铭一直盯着苏世恒的眼睛。苏世恒的整个面部仿佛凝固了，只剩眼皮一下下眨巴着……

◀ 莒城画王

老画王年龄渐长，画作日少，新一代画家谁将称王，成为莒城人饭后茶余的重要议题。

擅画牡丹的赵庄、长于山水的朱玟、工于人物的郑述都有冲击画王的实力，但最有希望的，还是画界元老冯伟赟的两个得意门生：周枫与王乾。他们在完美传承师父绘画风格的基础上多有创新，年龄相同，潜力无限。相比而言，周枫更胜一筹。

这日，周枫正在家中作画，忽然响起了敲门声，周枫放下画笔，开门看时，是城阳中学的校长尉义山恭恭敬敬地站在门外。

周枫将尉校长让进里屋，看座敬茶。待尉校长说明来意，周枫久久沉默不语。原来，尉义山是来聘请周枫担任学校美术教师的。

"莒城画界，能人无数，您为何单单准备选我？"许久，周枫问道。

"实话实说，我一开始请过几位还算说得过去的青年画家，他们都没有愿意做教师的。之所以没敢先请您，是因为凭您的水平，答应的可能性更低，毕竟教师工资太低了。我是被王乾拒绝后，才来拜访您的。您无须现在就给我答案，如有意向，可在三日后，到学校找我详谈。"尉义山说完，稍坐片刻，起身离开。

周枫在城阳中学开始教授美术是 20 世纪 80 年代初期。那时多数地方美术教学尚未起步，如何教育教学，有许多东西需要研究，毕竟作画与教学有很大不同。周枫边教边学，凡有所得皆欣喜异常，水平渐升，影响渐大，终成莒城乃至更大范围内的美术教育大师。美术教学也成为城阳中学的教育名片。

转眼间，三十年时光过去了，周枫已经到了退休年龄。据粗略统计，三十年间周枫直接教过的学生近 2000 人，通过美术升入高校的千余人，在全国书画界颇有影响的人物近百人。

这年，莒地搞画界评奖，特意从外地聘请了十几个有影响力的莒县籍画家担任评委。席间，大家谈起自己的恩师，竟然都是周枫。

谈起周枫的现状，大家不无感慨。周枫开始干工作时，只是民办教师，一个月的收入还不到自己的一幅画钱。因生活拮据，他一直住在老城区的小房子里。退休后，又在县城图书馆担任美术辅导教师，免费给孩子们进行美术指导。

这些年，他的全部精力都用在了培养学生上，绘画界几乎没了他的位置，与其师出同门的王乾早已成为莒城画王，作品价格已达到每平方尺数十万元。

"我们的恩师，如果不选择当老师，应该早就名利双收了。"

"其实，即便是当了老师，也可以不这么清贫，譬如利用课余时间有偿辅导学生，或者办美术辅导班。可是他却从不这样做。任何时候对我们的辅导都是免费的。"

"我们总得想个办法帮助一下老师才对呀！毕竟没有恩师的付出就没有我们的今天，而现在我们有这个能力。"

一经提议，大家纷纷赞成。如何帮助老师，大家颇费心思。一开始大家准备集资在县城买一栋别墅，作为老师的居住场所兼工作室。考虑到老师绝对不会接受，只得另想办法。

这日，周枫到县城的文心广场收取孩子们的作业，很多成年人突然排起了长龙，他们每个人手中都拿着一份或数份作业。周枫准备拒绝，才发现交作业的都是自己当年的学生。

那场往届毕业生交作业活动持续了十几天，据说周枫收到了两千多份作业，其中不少画作每平尺价值数十万元。有人说那批画作的价格少说也得值数千万元。

此后，很多华商前来购画。周枫不但一份也没有卖，而且继续向尚未交作业的学生征求作业，包括那些尚未成名的年轻毕业生和他正在辅导的小学生。有人说，他想把所有学生的画作都征集齐了，搞一次画展，然后再做一件有意义的大事。至于是什么事，周枫拒绝透露。

那将是一场多么盛大、多么有意义的画展呀！莒城人热切地期待着。周枫才是莒城画王呀！莒城人很多都这样说。当然，也有很多人持不同意见。不过，怎样说，都无可厚非。毕竟大家争得不亦乐乎的莒城画王，只存在于莒城人的饭后茶余的闲谈之中，从没正式评选，也压根就没有这个奖项。

◀ 异 人

　　在莒地方言中，称呼为人处世与众不同的人为"异人"，这个称呼里有"技艺高超、难以超越"的意思，也有"行事乖张、不宜效法"的成分。莒地西北，地处沂蒙山区边缘，丘陵连绵，交通不便。当地环境优美，民风古朴，多有"异人"。在靠山村里，人们都说张向北一家三代都是"异人"。

　　张向北出生于20世纪30年代初，从小家境贫寒，没念过一天书，十多岁就经常跟父亲进山打猎，一年四季泡在山林中，没几年就练就了过人的狩猎本领。他枪法极准，只要枪响，很少没有收获。与此同时，设陷阱，布圈套，投诱饵，觅踪迹……样样在行。张向北捕猎水平高，可规矩也多。无数次，张向北与猎物斗智斗勇，费尽千辛万苦终将猎物抓获，可转眼就放生了。如果父亲试图阻止，张向北总能拿出几条不可违背的所谓规矩，让父亲无言以对。

　　那次，有位外地客商欲找张向北订购一批黄鼠狼与野狐狸皮。

但当客商说出数量时，张向北边摇头边说："这么大的数量，得把多大范围的黄鼠狼与狐狸都抓完呀！"商人认为张向北这样说不过是为了索取更多报酬，就一再加价，想不到他始终不答应。"这生意，你不做，会有人做的。"商人扔下这句话后拂袖而去。果然，他找了附近的另一位猎户。完成那批订单后，那位猎户成为远近闻名的富户。张向北一家却贫寒如初。

张向北的儿子张永江出生于 20 世纪 60 年代，和当地最大的水库峰岭湖同龄。多年后，据张向北回忆，修水库的日子艰难而漫长，他白天去修建水库大坝，隔一两个月才回一趟家，没想到结婚三年都未能生育的妻子竟然在那段时间怀孕了。等大坝建成，水库开始蓄水，张永江也诞生了。

张永江长大成人时，湖里的鱼类异常丰富。当地很多人以捕鱼为业。湖鱼肉质细嫩，味道鲜美，供不应求。张永江一开始受雇于邻居，在一条小船上给人帮忙。后来，自己购买了小船，独立经营。

他捕鱼技术卓绝，别人捕鱼，不停地张网收网，收上来的鱼品类混杂、大小不等。永江捕鱼悠闲自在，多数时间在湖上让小船随波漂荡，待时机来临，一网下去，多是清一色的稀有鱼种。

凭此绝技，永江完全可以迅速致富，可是他与父亲同样古怪。平日很少出船，即便出船，也往往晚出早归。多年以后，很多渔民陆续将小船换成大船，捕鱼范围甚至从当地湖泊走向遥远的海洋，永江却依旧守着自己的小船。

张永江的儿子张青山，从小就学习刻苦，成绩优异。高中毕业后考上了一所名牌大学。毕业后在上海创业，没几年就成立了自己的公司，很快就迈入成功人士行列。就在公司发展顺利，大家都看好他时，他却突然将公司的经营权交给别人，自己回到家乡发展。大家都想尽办法往城里挤，他明明已经过上了城里人的生活，怎么又回到乡村？大家对张青山的发展方向很不赞同，非议颇多。但是不管别人怎么看，张青山依旧我行我素。

张青山在峰岭湖边承包了一片鱼塘，搞起了特色养殖的营生。转眼间，五六年过去了，附近多数鱼塘车辆往来频繁，生意红火。张青山的养殖基地规模虽然不小，但是似乎没人见他卖过什么东西，大家颇为纳闷。

这年夏天，一场台风来袭。狂风肆虐，湖水暴涨，鱼塘毁坏严重，多数养殖户所养之鱼随水而去，损失惨重。好在多数鱼塘都买了保险。台风过后，保险公司主动担责，挨家挨户上门统计损失，进行理赔。

"我没有损失，不用麻烦了。"张青山对上门工作的保险公司员工说。"都这样了，怎么会没有损失？"保险公司的人指着一片狼藉的养殖基地问。张青山淡淡地说："我这里培育的多是我们这地方的稀有品种，但是从不对外出售。我本来就是要将他们放入湖中的，现在它们提前回归自然，怎么能说我有什么损失呢？"在场的人一片愕然。

◀ 超常修复

这日午后，姜永正在犯困，李进抱着一个木箱走进店内，身后跟了两名一脸杀气的矮个男人。李进投靠日军后整日飞扬跋扈为非作歹，姜永早就知道。他这一来，恐难以应付，不禁睡意全消，急忙起身以礼相迎。

听说你修复古画有两下子，这画必须修好，最快需要多长时间？李进皮笑肉不笑地问。平时二十天差不多。如今材料短缺，恐怕三个月也不一定能弄好。姜永仔细看了看画作说。这是一幅明代花鸟画，因年代久远，又保存不善，多处纸质变得异常脆，不认真修复几乎没法挂出来欣赏。重新修复并装裱，需下大功夫。

两个月内必须弄好，缺什么材料，告诉我，保证立即弄到。李进拍了拍胸脯说。

莒地书画发展繁盛，相关产业亦相当红火，书画装裱业就是其中之一。20 世纪初，莒城书画装裱店就有近二十家。1938 年日军攻占莒城后，城内一派萧条，昔日繁华的书画街所有店铺几乎全部关门，唯有莒城沐画却坚持了下来。

在莒城装裱界，莒戍沐画处于中等偏下的规模，画店老板姜永是书画世家，从小在家学画，十七八岁就外出学画，三十岁左右回到莒地开店装裱并修复书画。姜永修复古画，技艺超绝，很多古画经其修复后重放异彩。因其业务冷门，价格又奇高，生意量很小，能够在竞争激烈的莒城书画界站稳脚跟实属不易。

此后，一个月间，姜永要过数次材料。想不到李进说到做到，哪怕是最难弄到的明代宣纸也只用一周时间就弄到了。

画作修复进度如何？我今天是来查看修复进度的。这日，李进带了两个随从闯进店内吼道。过了许久姜永才从里屋慢慢走了出来。

古画修复过程中，禁忌颇多，有时屋内连一丝风都不能有，外人随便看，对画作造成破坏，那是谁也无力回天的事情。姜永毕恭毕敬地说。

哪有那么玄乎，我偏要看。李进说着就要往里屋闯去。姜永极力劝阻。滚一边去，随着李进一声大喝，一个随从把姜永踹倒在地。李进踹开房门闯进屋内，屋内案板上有一幅正在装裱的画作，但不是李进送来的那幅，李进细细地找了许久，也没见那幅画的踪影。

你给我说说，这到底是怎么回事？李进把姜永拽到屋内大吼道。古画装裱，最怕受到外界影响，我当然不可能放在台面上，如果这画在这里，现在恐怕连神仙也无力回天了。

谅你也不敢跟我耍花招，这幅画很重要，必须给我按时修复好，否则，你必会死无葬身之地。李进临走前又把姜永重重地踹了两脚，领着两个随从扬长而去。

嘿嘿！你还真有两下子！这画我喜欢，我相信太君也会喜欢的。李进端详着修复的画作眉开眼笑。实话告诉你，这画是太君让我给找人修复的，只要太君喜欢，以后你的日子保证好过。至于修复画作的酬劳，太君赏你后，我会如数送来的。说完，李进拿上画作，大摇大摆地走了。待李进走远，姜永朝地上重重地啐了一口唾沫。

转眼之间，莒城解放，鬼子逃之夭夭，失去庇护的李进成了阶下囚，隔三岔五被拉出来游街批斗。在无数罪状之中，其中一条就是欺压百姓，虐待像姜永一样的普通百姓。

不久，姜永也被抓了起来，一同被游街。李进被抓大快人心，姜永被抓，世人颇为不解，后来才知道姜永修复古画客观上是在助纣为虐，莒城被占领期间，数十幅珍贵古画经过他装裱、修复后，被运往外地，几经辗转被运到国外，造成国家文物流失。

时移世易，风水转换。新中国成立后，姜永担任县文化馆的馆长，李进担任县民政局的副局长。有知情者说，他们是国家功臣，以独特的方式为保护国家文物作出了重要贡献。

原来，他们两人都是极其秘密的地下党员。姜永身怀绝技，那些经他修复的古画，全被偷梁换柱，换成了一般人无法辨别的仿制品，真品早已秘密移交给了有关部门妥善保管。

◀ 不同寻常

在高手如云的莒城书画界，想混出个名堂来，可谓难于上青天。

莒城书画界，高手多。喜欢书画、痴于书画的更多。虽说如此，热衷书画并立志辟出一片属于自己天地的，依旧大有人在。很多人奋斗一生，终归寂寞无闻，更谈不上借此富贵。书画界是个名利场，成功者名利双收。为求上位，无数人煞费苦心。

陈青从小喜欢绘画，名牌大学毕业后，放弃到大城市发展的机会，回到莒城，在天虹画社谋了个店员的小职位。天虹画社是莒城书画界四大元老之一赵天虹开的。赵天虹的多数画作由这个画社经营。

对店里这位新来的小伙，赵天虹一开始并不怎么在意。直到三年后的一天深夜，赵天虹外出写生回来，来到画社，看见陈青正在埋头临摹一幅自己的画作，才彻底改变了对他的认识。

那幅画陈青已经临摹了五分之四，赵天虹仔细一看，大吃一惊。整幅画形神兼备，流畅自然。更让自己吃惊的是，原画有两处瑕疵，陈青竟然全给巧妙地弥补上了。

"你打算干什么？"赵天虹拉下脸来问道。

"老师的画太好了，我忍不住临摹一下。"陈青放下画笔，垂首肃立。

"凭你这水平，不该在这里当一店员。"许久，赵天虹转变脸色说。

"您是我的偶像，在您的店里工作，我荣幸至极。"陈青态度诚恳至极。

后来，在陈青的一再恳求下，赵天虹决定破例收其为徒弟。之所以称之为破例，是因为此时赵天虹已近花甲，五年前就声称不再收徒。不收徒，有不愿操心的原因，也有对以前徒弟失望的缘故。赵天虹四十岁左右开始收徒，前后六七个，要么悟性不行，要么功利心重，功夫没真正学到家，就已经跟师傅貌合神离，甚至分道扬镳。这很让赵天虹失望。

收陈青为徒，赵天虹提出多项近乎苛刻的要求。陈青皆一一答应。闭门作画时，他们以师徒相称。其他时候，陈青依旧只是书画社的一名小职员。

赵天虹的画，工笔与写意俱佳，最拿手的是工笔与写意相结合的作品。陈天虹声名大噪时已年逾五旬，已经过了画工笔画的最佳年龄。再加上长期作画导致眼花严重，画工笔部分时很是力不从心。年龄愈长，其画作中工笔成分愈少。即便有，也乏善可陈。此后多年，赵天虹虽声名日盛，但业内人士都清楚，其作品整体质量每况愈下，是不争的事实。

这日，赵天虹应朋友之约，画一幅六尺长卷，连画三次都没成功，每次都是毁在最后的工笔喜鹊上。第四次完成写意部分，赵天虹放下画笔，颓然坐到椅子上，揉揉昏花的老眼，仰天长叹。

"可否让我一试。"一直在身边服务的陈青，给师父递过茶，小声问道。

待得到应允，陈青聚精会神，全力作画，最终一气呵成。赵天虹端详画作良久，又朝陈青看去，他许久未语，眼里放射出逼人的光芒，直让陈青脸上冒汗。

此后，赵天虹重要画作中工笔部分，多由陈青代笔。作画过程二人协作各干各事。其余之事师父不多言，徒弟亦不多问。于是，赵天虹的画作写意部分老辣恣肆、挥洒自如，工笔部分惟妙惟肖、精彩绝伦。两相结合，浑然天成，整体效果，已臻化境。

赵天虹的作品接连在几次很有影响力的国家级比赛中斩获大奖。其作品价格随之一路飙升。赵天虹名头渐渐胜过莒城其他几位画坛老将。至于画坛新人，无论是画技还是名声，更与天虹不可同日而语。

一位古稀之年的老画家，竟能有如此令人惊叹的画作，人们敬佩之余，多用"不可思议"来形容。

七十三岁那年春天，赵天虹仙逝。

不久，赵天虹的几位弟子先后声称自己为师父的真传弟子。然而看其作品，皆与赵天虹后期作品有很大差距。圈内人士纷纷预测，不久，将另有"得其真传"者现身，然而，却一直没有动静。

回家吃午饭

后来，屡有好事者高价求购陈青画作，陈青皆笑答："我只卖画，哪会自己作？"

三年后，陈青离开天虹画社，迁居北京。多数时间，养花玩鸟，日子过得优哉游哉。有人说，早在赵天虹仙逝前，陈青就在京城买下了一套大房子。

◀ 回　家
··················

　　这夜，雷利躺在木板床上辗转反侧。每一次翻身，床板都发出咯吱咯吱的声响，他变得更加孤独和烦躁了。

　　新疆的冬夜，气温特低，墙壁虽然很厚，他还是感到似有阵阵寒风不停向自己吹来。他使劲掖了掖被子，还是冷。

　　他打开电灯，苍白的灯光立即充满了空荡荡的房子。平日，房子里还有 20 多个民工，可现在他们都回家过春节去了，偌大的房间里只有他自己蜷缩在墙角。

　　当然，他也渴望回家，在这最特殊的日子里，谁不想回家呢！正是因为大家都想回家，他才无法回家。

　　他是工头，必须留下来看管工地。

　　四年前，他还是个普通民工。他有心计，懂节俭，渐渐就有了些积蓄。后来，他用存款购买了架板和其他工具，贷款购买了搅拌机，开始独立承包工程并当起了工头。

　　做工头完全可以轻松地看着其他民工干活，他为了收入更多些，一直照旧干活。每一项工程干完，他和民工们算清工钱，留下必需的生活费和其他费用，余下的，全汇到家里。

家里存款越来越多，他说不出有多高兴。

要不是一年到头没法回家，生活也算充实而幸福了。

算起来，他已经四年没回家了。

这夜，他感到自己掉进了冰冷的水中。他的双手不停抓挠着，却抓不到任何东西，于是身子不停地下沉、下沉……他已被孤独淹没。

他忽然冒出了要回家的念头。他渴望妻子温暖的怀抱，渴望亲吻孩子柔软的脸蛋，渴望给父母捶捶背、揉揉肩……这些念头一冒出来，就雨后春笋般疯狂生长起来，把他的身体鼓胀得满满当当，拽得他的心生疼生疼。

我什么也不管了，我一定要回家！雷利愤愤地想。

老婆，我要回家了！虽然是在半夜，他还是拨通了老婆的手机。

你真回家吗？你不会骗我吧！电话刚响两声，他就听到了老婆熟悉而陌生的声音。

我怎能骗你呢！

你回家，工地谁来看管？

工地算什么？我要回家，我想你、想孩子……雷利忍不住啜泣起来，与此同时，他也听到了老婆的啜泣声。

你回家，我和孩子都很高兴，可工地总得找个可靠的人看管才行！妻子的声音有些颤抖。

你不用担心，我能处理好的。好了，不说了，等我回家再好好聊。

第二天，天还没亮雷利就起床了。在刺骨的寒风中，雷利看着屋子周围一望无际的黄沙，不禁叹了口气。这里虽然靠近铁路，然而因为刚开发的缘故，周围十几公里还没有固定住户；再说，他与当地的居民又不熟悉，到哪里找人看工地呢？

他思来想去，实在想不出解决办法。

你找到看工地的了吗？我和孩子都盼你回来！

下午，看到妻子发来的短信，他过了好久才回复道：找到了，放心吧！我今晚就动身，五天后，保证到家。

其实，路上的时间三天已足够。他之所以说五天，是为了留出时间解决这边的问题。

可是有什么办法呢？他也曾拨打了几个民工的电话，并答应给他们很高的工钱，可他们都毫不犹豫地拒绝了。

到哪里了？两天后，雷利再次接到妻子的短信。

到兰州了。旅客多，非常挤，但我已经买到明天的车票了，放心吧！我会顺利回家的！雷利回复。

他知道，如果自己最终不能回家，现在这样回复，只能让妻子更伤心，但他不希望妻子现在就知道真相。如果最终他无法回去，他希望家人知道得越晚越好。

你抓紧回来吧！家里出事了，乐乐妈不见了，有人说，有个男子把她带走了……

第三天，他接到母亲打来的电话。

放心吧！没事的！她一定是听我要回家，提前到车站接我了！我打电话问一下就知道了！他对母亲说。

就拨打妻子的手机。

关机。

他只得给妻子发短信。

几个小时后，他接到了妻子的回复：我对不起你，我没脸见你。我不求你原谅，只求你善待我们的孩子。存折还藏在老地方，我一分没动。我走了，你别找我，你也找不到我。找个好女人重新开始吧！另外，如果可能的话，别再过两地分居的生活了！

他急忙拨打妻子的手机。

关机。

这时，透过茫茫沙尘，他看见铁路上又一辆列车呼啸而过。

◀ 心 海

那是她第一次乜是唯一一次登上父亲驾驶的小船，她虽然晕得一塌糊涂，但是多年以来，当时发生的一切都铭记在心。

女孩就该干女孩该干的事，哪能像男孩子一样？每次自己央求登上父亲驾驶的船舶，父亲总会这样讲。

女孩怎么了？女孩照样能够纵横海天之间。她总是说。

高二期末考试她得了全年级第一，父亲作为奖励允许她到船上体验一下。

上船不一会儿，她就被眩晕困住了，她努力克制，还是眩晕无比，最后吐得一塌糊涂。

"我说过，你是不适合上船的。"事后，父亲总结道。

"第一次上船，你晕过吗？"她问父亲。

"晕过。也是一塌糊涂。"父亲说。

"那你现在怎么不晕了，战胜眩晕有什么秘诀？"她继续问父亲。

"秘诀，肯定有，但告诉你也没有用。凭多年的航海经验，我能看出来，你绝对不适合在海上工作。"父亲说。

对父亲的判断，她不信，她相信自己一定能行。

她是从一所名牌大学毕业的，因为成绩优异，专业吃香，有许多去向可以选择，可是她却瞒着家人执意报考海事部门。她以优异成绩被录取了。同时被选录的几乎都是男孩子。第一次出海，她还是晕得一塌糊涂。

"现在工作是很难找，但再难，也不能什么专业都考呀！"一起来的男同事照顾她时忍不住说。

第二次出海，三副让她休息一天，她却坚持照旧出海。不但如此，她还执意长时间地坚守在晃动最厉害的驾驶台。不用说，眩晕、呕吐，接踵而至，很快，她就坚持不下去了。回到轮船稍微平稳些的中间位置，眩晕与呕吐刚刚减轻，她执意再次去了驾驶台。

就这样，一次次地坚持，一次次地挑战，她终于胜利了，在以男子为主的见习生队伍中，她以最快的速度克服了眩晕问题。

她的努力和对自己的狠劲很快让大家对她刮目相看。在那条船上，她一干就是十五年，见习生、三副、二副、大副，她以优异的成绩一步一个脚印地前进着。如今，她已经是船长了。

她和同事们从事海上搜救工作。茫茫大海是她的工作场所，狂风恶浪是她经常面对的工作常态，每次搜救她总是竭尽全力，一次次在千钧一发之际救人于水火之中。

那次，一艘渔船在风浪中翻扣在海上，船上的人下落不明，第一次探测没有生命迹象，再一次探测还是没有，在即将撤出之际，她坚持换种方式再探测一遍，水手长跳上翻扣的船底反复敲击核查，终于，传来了幸存者的回应。

那次，出事的是一艘外国船只，风大，浪急，搜救艇像一片树叶随着滔天巨浪上下颠簸。"放弃吧！何必冒着巨大危险为他们卖命。"同事劝她。"爱，没有国界。"在她的坚持下，大家终于成功救出最后两名受困人员。

那次，一艘满载凝析油的轮船发生碰到暗礁后起火，有毒的浓烟，不时的小规模爆炸，持续不断的泄漏……现场形势危急，剧烈爆炸随时都可能发生，全力救人，掌控火情，躲避暗礁，判断形势……继续搜救，还是立即撤离，一边是落水者的生命，一边是自己和同事的安危，她知道，多坚持一刻就会有更多的生命被挽救回来，她也知道，判断或操作稍有失误就可能酿成无法弥补的大错。他们跟时间赛跑，跟生命搏斗，当她下令让大家迅速撤离，刚刚到达安全位置，那艘船就发生了剧烈爆炸。

"父亲，你欠我一个秘诀！"有时，面对茫茫大海，她禁不住说。她多么希望父亲能够亲口告诉自己战胜眩晕的秘诀。

这些年，每当又有人被她和战友从死神手中抢回，她都忍不住想起自己的父亲。自己上高三那年，也就是自己跟父亲出海不久，父亲驾驶着他的小渔船驶入大海后，就再也没有回来。没人知道父亲到底遭遇过怎样的恶劣海况，也没有人知道父亲和他的队友们面对肆虐的大海是多么的无助，因为与父亲同船的几个人，没有一个人能够回来。也许父亲他们跟大海进行过持久的对抗，也许还没来得及抗争就被大海无情吞没……

　　父亲肯定想不到，当初看上去柔弱无比的女儿，竟无视父亲的劝阻，执意以海为家。她不清楚，父亲如果知道有时她也会像普通女孩子一样，面对茫茫大海，迎着生硬咸腥的海风悄悄落泪，会为她近乎执拗的抉择批评自己，还是会用他那粗壮有力的胳膊把自己轻轻搂在怀里？

　　对父亲，她只有怀念，没有不满。如今，在船上，风浪再大，她也不会有半点眩晕，她早已总结出了属于自己的抗晕秘诀。她理解父亲当初武断自己不适合海上工作的良苦用心，也能够猜出父亲不肯告诉自己秘诀的根本原因。毕竟，经验告诉她，战胜眩晕无论如何也离不开到风浪最大颠簸最厉害的船上，勇敢坚持，直到胜利。

◀ 错　位

当那只灰白色的鸟进入她视野时，它正快速收缩着强有力的翅膀利箭般朝前冲刺。它的停落让那棵繁茂松树中的一根柔软枝条颤抖许久。它瞪着黑溜溜的小眼转动脑袋快速观察周围情况。顺着鸟的眼光，她看见前方不远处一棵枝叶稀疏的大树上有个精致鸟窝，里面安安稳稳地躺着几枚圆溜溜的鸟蛋。

它的眼光从鸟窝移开，四处观察，接着飞上鸟巢，张大嘴巴，叼起一枚鸟蛋，掉转身子，将一枚卵产了进去。它再次转动脑袋，仔细察看一番后，迅疾消失在茫茫绿海。整套动作，干净利索如行云流水。

十几天后，她发现地上有只出壳不久的小鸟。它倒在沙地上颤抖着光溜溜的身子无助地叫唤着，她急忙吆喝丈夫过来查看。"这只可怜的调皮蛋！你设法把它送回窝里吧！"她说。"我觉得，我们应尊重自然。"他说。她瞅了他一眼说："现在恐怕只有你能救它了，行行好吧。""你如果喜欢，我们可以喂养着它。"

他挠了挠头皮说。"把它送回巢中吧！鸟妈妈发现自己孩子少了，会有多么悲伤。"她说。"可是我实在难以办到呀！"她看了看他异常瘦削的身子，想叹气，又止住了。

后来，他们在树下又捡到两只小鸟。此后，他们每天都悉心照顾着这几只小鸟。它们很容易喂养，虫子、碎肉、菜叶、米粒都不计较。渐渐地，它们羽翼丰满起来。

远远看去，独占那个小鸟窝的幼鸟，逍遥自在，壮硕有力，它最常见的动作就是奋力张着血红的大嘴鸣叫着讨要食物，两只大鸟几乎不停地辛苦忙碌着。

"孩子不在父母身边总归不行。"这日，她观察了一会那只鸟，禁不住说。"其实，也没什么不可以，它们不都长得好好的？"他说。"你难道看不到它们与那只鸟的巨大差距？"她说。

"这……我该查看火情了。"今年夏季雨水格外少，放眼远眺，不少地方的树木叶子已经打卷，地上本该翠绿的野草，也变成了一派病恹恹的枯黄。这样的天气，森林防火形势格外严峻，他们观察记录的频率也比正常情况高许多。突然，山野尽头缓缓升起一团黑烟，他急忙吆喝她观察、确认。由于各种原因，有时一个人很难准确判定观测结果。烟雾、沙尘、成团的蚊虫等都可能形成与烟雾差不多的表象。更有甚者，由于长期注意力高度集中地观察，眼前甚至会出现幻觉。"那明明是一团沙尘。"她扫了一眼就很肯定地说。

为了让小鸟更好地生活，她用细小的藤条编了个鸟笼，风和日丽的日子，会把鸟笼挂在窗口。这日，两只大鸟落在窗外不远处的一棵树上不停鸣叫。笼内的几只小鸟也热情回应着。"你说这两只大鸟会怎样想我们？感激，还是愤恨？"她若有所思地问。"说不定，它们根本就不知道这是自己的孩子，自然也就不存在感激或愤恨的事。"他说。"你这话我不信，谁会不认识自己的孩子？"她摇了摇头说。

"这家伙，又来了！你说它怎么就放心？小杜鹃怎么就不能和别的小鸟和谐相处？"这天吃晚饭时，外面忽然传来的布谷鸟叫声打开了她的话匣子。"有时，生活就是这样，在看似不和谐的背后，自有其合理的逻辑。原来你认识那只鸟？"他一边埋头吃饭一边声音低低地说。"你的心思我理解。我本想装作不认识，你就会对我解释的，你还真能忍得住！"她笑了笑说。

自从几十年前他只身来到这个离家近两千公里的沙漠边缘林场，他就与妻子过着聚少离多的生活。这些年来，在他和大家的共同努力下，不但硬生生止住了沙漠前进的步伐，还成功将大片风沙肆虐的荒漠变成了森林。由于过度劳累，再加上经常饮食没有规律，他得了难以治愈的胃病。本来，他可以申请离职回家疗养，他却坚持在这儿工作并相信自己一定能够战胜病魔。经再三思量，妻子决定辞掉家乡的工作，来到这里照顾他，于是林场安排他们一起在这个防火观测点工作。为了让孩子有更好的学习环境，他们决定让上高中的孩子留在家乡学校就读。寒暑假，孩子只能到乡下奶奶或姑姑家生活。

今年孩子上高三了，对孩子的学习、生活情况，他们能给予的关心照顾甚少。眼看就到出高考成绩的日子了，他们更是牵肠挂肚。

这几日，鸟巢中的那只杜鹃不知所踪。两只大鸟茫然若失地围着鸟巢狂乱地飞来跳去。

"爸！妈！我的成绩还算理想。过几天就要填报志愿了，我早就想好了，首选林业大学的'水土保持与荒漠化防治'专业，你们觉得可以吗？等填报好志愿，我就去找你们……"接到儿子电话时是一个旭日东升的清晨，笼中的小鸟迎着朝阳不停地振翅鸣叫，窗外的两只大鸟也欢快地上下翻飞……

"很快，就可以放飞你们了！"对着笼中的小鸟，他们微笑着，几乎异口同声地说。

◀ 缺　位
....

　　在钟亮的记忆中，父亲一直是缺位的。在自己人生节点上，是。在家庭重要事情上，也是。长期缺位，自然淡漠了自己对父亲的感情。虽然母亲一再解释，也收效甚微。毕竟，很多事情不是解释能够弥补的。

　　父亲常年在外，家务全落在母亲身上。超负荷劳碌让母亲身体越来越差，自己多次劝母亲住院治疗，母亲总是摇头，被自己说急了，母亲要么说，小孩子，懂什么；要么说，我去住院，谁照顾你爷爷？谁管你们？有时，母亲也会耐心解释，岁数大了，有点小病，正常，坚持一下，就过去了。自己写信告诉父亲，父亲不回来也就罢了，甚至连基本的反应都没有，这怎能不让钟亮生气？

　　在钟亮成长过程中，父亲的缺位让钟亮受尽委屈。有时小伙伴们甚至公然嘲笑他是一个没父亲的孩子。当他被小朋友欺负时，他渴望像别的孩子一样，有父亲撑腰。最让他难以接受的是连自己结婚，父亲也是缺席的。

新郎是单亲家庭吗？父母离异，还是父亲去世？

不负责任！工作有多重要，这么重要的事父亲怎能缺席？

听说是搞水电的，几十年没露面了，工作哪能这么忙碌！

婚礼上，他听着别人的议论，忍受着别人的指指点点，他把所有的委屈都转变成了对父亲的愤恨。

如果说父亲早已淡忘了母亲和孩子，也算情有可原，父亲对爷爷的孝敬情况更让人感到脸红。

爷爷岁数大了，需要人照顾，母亲虽然尽力帮忙，毕竟时间有限。

"爷爷身体越来越差，伯父身体也不好，照顾爷爷的重任几乎全部落在了伯父身上，这怎么行！"自己给父亲写信，父亲没有反应。

"爷爷病重，时日不多，你工作再忙也得回家见爷爷一面。"父亲没有反应。

"爷爷病危，在昏睡中不断呼唤你的名字！"父亲没有回家。

"一次次叫你回来，你就是不听，现在后悔了吧！爷爷已经去世！你看着办吧！"父亲依旧没有回家。

也许发生意外了，只是家人们对我们保密罢了。

你这么一说，我恍然大悟了！

听说是偶尔会给家中寄信的！

我不信！即便信是真的，就能说明他一定健在，没听说有些人自己去世后，委托战友或者同事继续往家中寄信或寄钱。

单从父亲的来信看，每次都是寥寥数语，是很容易造假的。爷爷葬礼上，周围人的议论，让他感觉刚从悬崖下跌到地面，又掉入万丈深渊。

自己成家立业后，父亲的信依旧断断续续。对信的内容，他已不太关注。自己本身工作忙碌，更淡忘了父亲的事情。

多年以后的某个傍晚，父亲突然回家了。这消息自己是听母亲说的，那时，钟亮正埋头搞一个重要的项目。这些年来，他几乎没有时间关注家里的情况。大学毕业后，痴迷研究的钟亮放弃了数家高薪企业的工作机会，坚持到这家与国家科技发展有重要关系的单位工作。经过数年努力，他已经成为小有成就的主力科研人员。后来，上级咨询他是否有意独立负责某科研项目，他毫不犹豫地就答应了，甚至都没有征求一下母亲与妻子的意见。当然，他知道，即便征求，她们也会全力支持。

为了搞好科研，他甚至把所有的时间和精力都放到了工作上，几乎没有时间照顾孩子和家庭。连陪父母吃一顿饭，都是极为奢侈的梦想，更谈不上同很少见面的父亲建立起亲密的父子关系。直至父亲去世，父亲在他的心中不过是一个特殊的陌生人。

多年后，钟亮满头白发年近花甲。这天，他和单位的几位同事参观中国核工业档案馆。

作为家人，钟亮打开了父亲当年的笔记本，令他感到意外的是，父亲满本子记录的都是家中小事与自己对家人的思念和内心的愧疚：孩子的学习与为父的内疚，妻子的健康与为夫的歉疚，父亲的疾病与为子的负罪……

通过那些真挚的文字，他一下走进了父亲的内心，自己对父亲那一直紧闭的情感大门顿时打开，郁结了近六十年的痛苦化成热泪奔涌而出……

那时，他仿佛才真正长大。那时，父亲早已过世十年。

◀ 梦里不知

　　他企图挣脱，但找不到合适的发力点，有限的几处受力点都是勒进身体的细绳子。这些绳子把他的肌肤勒得生疼。越是挣扎，绳子就越往身体里勒。他只有老老实实地待着，才稍微舒服些。但肯定不能这样待下去，那么自己迟早会被关进笼子，或者变成人类餐桌上的一道美餐。但是不这样又能怎样，他实在难以逃脱。看来，他的命运只能交给这张网以及布网者了。

　　刚才，他还为自己的聪明而暗自高兴，他自认为一眼就识破了那张网的玄机。那是一张布置得多么拙劣的网呀！他轻松转身，就避开了。可是一转眼，他却陷入另一张他毫无察觉的网中。

　　是谁有这么高明的布置？竟然连自己也无法识破，他突然异常想知道布网者到底是一个怎样的人。那个人会出现的，如果，布网人没有把这张网忘掉的话。

　　他是一位布网高手。高手布网，需要独特手段和综合知识。他知道，不同的鸟喜欢不同的落脚点，不同的时间会有不同种类的鸟飞来，在最合适的时间布下最合适的网，自然会有最丰厚的收获。

当然，仅仅布一张网效果不会那么理想，只有同时布下多张网，才会有奇效。那些网，有些需要显而易见，有些需要若隐若现，有些需要与周围环境融为一体。有些是用来吓唬鸟的，有些是用来迷惑鸟的，有些是捕鸟的关键所在，还有些是用来截住那些受惊后企图逃脱的鸟的。各种网，综合运用，每张网就不再是一张单独的网，而是整个阵势的一部分。每当布下一个网阵，他都感觉自己是一位运筹帷幄的将军，只等决胜千里之外。

事实也确实如此，几乎每次他都会大获全胜。

他的这套绝活是从父亲那里学来的，至于父亲是否是从自己的父亲那里学来的，他就不得而知了。爷爷去世得早，他从来就没见过。父亲在当地已经是难得一见的捕鸟高手了。等自己长大了，父亲就把整套绝活传授给了他，他很快领会到了其中的奥秘。他研究鸟的习性，分析气候变化，观察山形水势，进而把这一切灵活运用，于是捕鸟技术日臻化境，他也渐渐走向富裕。毕竟，他的老家地处黄河三角洲，这里鸟类丰富，同时还是重要的候鸟迁徙通道，有着几乎取之不尽的鸟类资源。

然而这种形势却慢慢变了，国家对捕捉鸟类的限制越来越严格了，直至不允许捕捉任何鸟类。他的一身本事突然没有了用武之地。他异常苦闷，把自己关在家里，无所事事。然而，黑市很多鸟类的价格却迅速飙升。有人悄悄找他求购鸟儿。他铤而走险，开始悄悄布网，偷偷抓鸟，然后卖到黑市。

他的钱袋子再次鼓了起来，脸上也重新拥有了笑容，唯一让他感到无比难受的是每晚的噩梦。

在梦中，有时他是一个身陷囹圄悔恨莫及的囚徒，有时他落入网中疯狂挣扎却只是徒劳，有时他待在笼中看着同伴被陆续屠宰……那些梦将他深深折磨。终于，他下定决心改变自己，他决定跟过去的自己诀别。他背起行囊，踏上了外出打工的旅程。

几十年来，他一直靠捕鸟为生，刚开始打工，他发现找一份合适的工作是那样困难。在工地上，他不再是那位可以用网来排兵布阵的将军，而是一无所长的笨拙小工。他受苦受累，遭受耻笑，还赚不到多少钱。然而，再苦再难，他也挺着，至少，他每晚能够安睡，再也不用受噩梦的折磨。他是一位不服输的人，后来，他悟透了工作的核心技术，渐渐走出困境，重新找回了自我。他开始当大工，当包工头，生活重新开始滋润起来。

他一个颤抖，从噩梦中醒来，他揉了揉惺忪的睡眼，不禁感慨，这样的梦已经多年未做了，怎么突然又开始了？

现在，他已经老了，就连孩子也已经上完大学走上工作岗位，并在大城市定居下来。他毅然放弃打工城市收入颇高的工作回到故乡，报名专心做一名护鸟志愿者。按照志愿服务队的统一安排，他将再次干张网捕鸟的老本行，不过捕鸟的目的与以前截然不同，现在捕鸟是为了保护鸟。为各种鸟做环志工作，进而为科研工作者研究鸟类迁徙提供方便。

已经有许多年没有布网了，现在黄河三角洲湿地鸟类数量剧增，种类也不断增加，肯定不能拿过去的老经验来应对新情况，他需要重新思索布网方案。他重新查看工作环境，上网搜集各种资料，仔细研究每类鸟的习性……他渐渐进入角色，脑中早已构筑起数个精美绝伦的网阵。

他知道自己为什么又开始做噩梦了。看来大脑中封存多年的布网记忆又被重新激活了。只是，在梦里，他不知道自己身份已经改变，现在，他的捕鸟工作是光荣的，他是光荣的护鸟志愿者。

晨光温暖，天空高远，空气中饱含着湿地的温润和花草的芬芳，窗外鸟儿翩翩起舞，鸟鸣汇成动人的雄壮乐章，仿佛庆祝他开启全新的美好生活。

◀ 丹　参

海阔找到赵山松时，他正坐在门前的摇椅上喝茶。

"山松叔，丹参该浇水了！"海阔说。

"大侄子，放心吧！你叔我有数，旱一点有利于丹参根系生长。你个大学生，读书行，论种地，还是你叔懂！"赵山松边说边晃动着摇椅。

"我问过技术员了，确实得浇了。你那丹参苗已经比他们的小多了，再这样下去，会影响效益的。"海阔继续劝说。

"我要的是丹参，又不是苗子。没想着课本上学的《我要的是葫芦》嘛？"赵山松继续晃动着摇椅。

《我要的是葫芦》海阔自然是熟悉的，只是他不知道赵山松这样用，是冷幽默，还是没学好，只得干笑了笑。

水还得浇。他不干，只能自己来。自从赵山松承包管理这片丹参以来，打药、除草等事情海阔已经替他干过好多次了。当清清凉凉的山泉水缓缓地流进地里，有些打蔫的丹参苗很快就来了精神。

从到这个经济相对落后的山村当"第一书记"以来，海阔最头疼的是跟赵山松这样的村民打交道，他们有自己的生活习惯与做事方式。想让他们改变，很难。

他不禁又想起前些日子的事来。那时需要对丹参喷洒一次农药，以防叶斑病，当自己提醒他时，他以保持丹参的绿色安全为借口拒绝施药。表面上看，他这样做，还挺有道理。至于真正原因，可能只有他自己知道。

半年前，村里对丹参田的管理过程进行了整体承包。这样做，本想避免管理过程中的繁琐计算，同时给了承包户更多的主动权。现在看来，当承包户与村集体意见不一致时，很难处理。

赵山松今年已经接近四十岁，父母早已过世，自己一个人过日子，平日里以懒散出名，村里将丹参田承包给他，本想给他赚钱的机会，促进其致富，现在看来，他的致富之路不会平坦。

再困难也要挺住。也许时间能改变一切，就像现在这一株株仿佛浮在地表上的娇嫩丹参苗，只有经过几百天的慢慢生长，才能拥有牢牢扎入地下的粗壮根系。海阔这样自我安慰。

酷暑过去，天气转凉，山村开始进入农忙季节，刨完花生，掰过玉米，晒好瓜干，冬小麦也热热闹闹地挤出了绿绿的嫩芽，随后寒潮与霜冻开始发威。几场霜冻后，丹参苗已经落叶、干枯。据天气预报，未来两周是晴好天气，温度适中，正是收获丹参的好时节。

成片的丹参田村里是借助机器集中挖收的。赵山松负责的那片丹参，地块小，没法使用机器。不过，赵山松也不着急，他最不缺的就是时间。不几日，大家收好自己的丹参后，纷纷去赵山松地里帮忙。果然是人多力量大，在大家的帮助下，他的丹参也很快就挖完了。当赵山松把最后一批丹参卖给村里时，村里的丹参种植情况通报会早已经筹划好多日了。

这天，村委大院内，丹参承包户都到齐了。

"今天，把大家聚在一起，就是为了跟大家通报村里种植丹参的收益情况。今年，我村丹参喜获丰收。经初步核算，这小小的丹参给大家带来了近三十万元的效益。在此，向大家表示祝贺！"海阔站在大家中间高兴地说。

海阔刚说完，大家立即纷纷议论起来："书记你说错了吧！我们还不是就赚个一星半点的辛苦钱，大钱不都被村里赚去了。"

海阔笑着说："那也没办法，谁叫大家当初不按村里的规划来，要是听村里的，你们自己出资种植，这些钱不就都是你们自己的了吗？"

海阔说完，现场顿时安静下来。

原来，一年前，村集体鼓励大家种植丹参致富，可是大家担心亏本，很少有人种植，村里只得集体承包土地并贷款种植。为了管理方便，村里又把丹参的管理权分开承包给了村里人。

"现在，我告诉大家一个好消息，这些丹参的收益，村集体一分都不要，还上贷款后剩余的，谁家的还是谁家的。"海阔这话还没说完，就被大家的欢呼声淹没了。

等大家静下来，海阔又补充说："不过，有几个特殊情况，效益最差的三家，收益不足以支付村里承诺的管理费，算起来，有两家亏损一两百元，只有赵山松的亏损接近2000元。但是不要紧，这几亩地还是按合同来，依旧算村集体的，亏损由村集体承担。"

对几个亏损户，基本情况大家心知肚明，现场有的摇头，有的鼓掌，有的议论纷纷。

赵山松躲在会场的角落，面无表情，一言不发。

这晚，海阔忙完一天的工作，刚准备关门，忽然有人快速挤进了办公室，是赵山松。

"这个时候来，有事？"海阔一边问一边让座。

赵山松搓着手，不肯坐下，过了好一会才红着脸说："书记，对不起！我那亏损不能由村里承担。其实，我那丹参地虽没管理好，但也有不少收益。在我担心村里给的价格不合适，把干丹参交给村集体前，在家中留出了一百多斤。"

海阔一时不知说什么才好。

过了一会，赵山松又小声说："放心吧，书记！你等着看明年吧！明年我种的丹参肯定比他们的都强！"

海阔紧绷的脸上终于露出了笑容。

◀ 储　能

　　商场搞店庆，今晚有一场名为"喜从天降"的活动。所谓"喜从天降"，就是把奖品券装在气球中，和成千上万的普通气球混在一起，从商场最高处凌空撒下，任大家争抢。至于谁能中奖，凭运气，也靠实力。于是，每当气球撒下，在场的人就会潮水般往中间涌，形成众人哄抢的热闹场面。

　　适逢周末，现场人员密集，其中有不少老人和儿童。为安全起见，举办方借助音响一次次劝他们离开，可是少有人听，只得一个个做工作。

　　"大爷，您不宜参加这项活动，大家争抢起来，很危险！"作为临时安保人员，我拍了一下一位年近六十的老人说。

　　"没事的！我身体棒着呢！"老人转过身子说。

　　"我怎么感觉在哪儿见过您？"我问道。

　　"对！昨天上午我们应该见过面的！"老人皮肤黝黑，笑起来脸上皱纹很深。

昨天上午有个旅游景点为庆祝正式开园，组织了一场免费的演出，舞台是露天的，因为人太多，场面一度失控。忽然，"咔嚓"一声，支撑舞台旁边隔离架的柱子被挤断了，隔离架开始倾斜，人们纷纷躲避，现场本来就是人挤人的，这时更加混乱，不少妇女和孩子开始大声哭喊……当时我和几个同事维持秩序、疏导群众、保护妇女和孩子，忙得不亦乐乎。好在架子倒到一半就停下来了，混乱的现场逐步得到控制。

当现场观众逐渐散开，我们才发现架子之所以没有完全倒下去，是因为十几个人一直用身体奋力支撑着。也正是这些人的努力，才避免了一场重大事故。他们有好几个受伤了，主办方组织对受伤者进行检查治疗，新闻媒体想对这些人进行采访，但是多数人拒绝了，其中就有这位老人。后来才知道，是这位老人首先招呼大家去顶住架子的。

我认定他是个有故事的人，想跟他深入交流交流。老人一开始拒绝，我一再坚持，他才答应。约定时间是第二天上午，地点就是商场四楼。老人答应我后，恋恋不舍地朝人群外走去。

"本来，我想找个安静地方，这里闹！"我说。虽然这里是休息区，依旧人来人往，旁边有健身馆、习武堂、拳击馆、民乐馆……不远处还有几台游戏机，年轻人不时旁若无人地大声喊叫……整层大楼声音混杂，喧闹无比。

"没事的，我喜欢热闹！"老人说。

"那天，要不是您招呼大家顶住架子，后果难以设想！"我说，"当时，您是怎么想的，为什么不接受媒体采访，也不到医院进行检查？"

"我是个农民，身体结实，有的是力气，干那么点事，轻而易举，哪里需要那样夸张？"老人微笑着说。

"您应该接受媒体的采访才好呀！"我说。

"我觉得，男人就该有担当，这种事，咱不干，难道让女人和孩子干呀！我喜欢多做善事，我试着做善事能让人内心更舒坦。至于接受采访，那是要出名的节奏呀！咱不喜欢，也不图那个。"老人依旧微笑着说。

"你似乎格外喜欢热闹地方，为什么？"我问道。

"其实，以前我也不怎么喜欢热闹，自从这几年到外地打井以后，我就逐渐开始喜欢热闹了！"老人稍显尴尬地说。

接着，老人的话匣子终于打开了。

原来，他是附近乡下的农民，前些日子刚从青海回来。每年他有八九个月的时间在外打工，打工地点不固定，但几乎都是我国西部少有人烟的地方，他们在那些地方钻井、探矿。除了一起行动的几个人，每天面对的或是连绵群山，或是茫茫大漠，或是幽深密林，或是飞鸟走兽，唯独很少有人……因为天气原因，冬天这几个月一般没法干活，等来年天气转暖再开工。在这样的生活中，他深切感受到了孤独的可怕，也体会到了生命的渺小和脆弱。所以每当回来的日子，他总是往人最多的地方钻，并尽力多做善事，他说这等于为生命提前储存能量。

"那边挺热闹，我想过去看看。"他指着健身中心门口处说。这时，不知为啥，健身中心门口聚集起一大群人来。

正好我的电话响了："好的！谢谢您！我接个电话！"是同事打来的，提醒我按计划集合。

我的真实身份是反扒警察，最近在几个人员密集的地方发生了几起扒窃行为，队友觉得这位老人有嫌疑，让我对他格外留意。通过这次接触，我看见了他手上的厚厚老茧，也触摸到了他柔软善良的内心。我默默地注视着他渐渐远去的背影并在心里默默祝福他：但愿他能在这段宝贵的时间储存更多的能量，以应对又一个春暖花开后的漫漫征程。

◀ 出　尘
·····················

　　每个月明风清的夜晚，燕姿都会跳舞，一个人。

　　经千年磨炼，她跳舞已入化境。沙漠的夜，空寂漫漫，少有声音。但有风，风来去自由，是最美的音乐。乘着风，她轻曼地扭动身躯，任意地挥动舞袖。有时，风会突然纹丝不动，或是瞬间飘忽不定。更有甚者，携着沙尘，旋转攀升……对风的这些小把戏，燕姿早已了如指掌，她不怕，不管风如何变幻，她都能顺势而为，舞出超凡意蕴。

　　除了驭风而舞，燕姿还喜欢乘云而舞。沙漠上空，云少，只要有，燕姿不舍得错过。她总会升上天空，乘云起舞，悠然摇摆。她有时在云的缝隙中自由穿梭，有时把自己隐藏在云里，让舞袖自然飘动。曼妙的舞姿、轻盈的舞袖与流动的云彩巧妙融合，超凡脱俗，堪称完美。燕姿称之为"乘云舞"。

　　阿蛮更喜欢看燕姿的乘云舞。这日，地上有徐徐微风，静静沙海，天上有弯弯冷月，淡淡飞云。燕姿躺在一片云上，随风而动，借势轻飞，仿佛自己成了一片云彩。一曲舞罢，燕姿刚落到地面，阿蛮就鼓起掌来。

"我知道，你比我跳得更好，你为何不跳？"燕姿说。"跳舞需要欣赏者，没有欣赏者，没意思。"阿蛮说。"最美的舞，都是跳给自己的。"燕姿说。

"我还是喜欢在有人欣赏的情况下跳舞。再说，时代发展了，谁还喜欢咱这样的舞蹈，你没看到那些游客对着屏幕赞叹不绝的样子？"阿蛮似笑非笑。"你真觉得那上面的舞蹈美吗？"燕姿明眸流转笑意浅浅。"你要是觉得不好，上去跳给他们看呀！"阿蛮歪着脑袋满面春风。

"我哪有这个本事。"燕姿说，"我们别在这里磨嘴皮子了，今晚的云灵动活泼，百年不遇，我们一起，跳一会儿吧！"她们借助一阵清风，悠悠升到云中，舞动起来。

"这么多年，你没觉得孤独？"阿蛮边跳边问。"怎不孤独，我也想周游世界，可是灵力有限，难以到更远的地方。你呢？"燕姿踏在一片云上说。"我也是。"阿蛮一边轻舞一边说。

"我们都想看看外面的世界。有些人明明可以周游世界，却心甘情愿地一辈子固守在这儿，真是不可思议。"燕姿说。

"不过，我觉得她会离开这儿的，她早已过了退休年龄，又多次获大奖，得了不少奖金，她完全可以享受一般人渴望拥有的生活。"阿蛮说。

"她屡次得大奖不假，可是她不但不要那些奖金，而且还把自己多年的积蓄也放进去，捐出去，设立奖项，奖励那些值得奖励的人。可是，我觉得她自己才是最该享用那些金钱的人……"燕姿说。

"看来她是真没打算离开这儿呀！听说她打算利用有生之年，和她的团队一起尽可能多地把我们记入书中，录入电脑，并且还利用现代科技让飞天真正飞舞起来……"阿蛮说。

"是呀！人类的事情，我们想不通。有的人处心积虑搞金钱，竭尽全力往热闹的地方里挤，有的人毫不保留地献出自己的所有，心甘情愿地与寂寞为伴。"燕姿说。

"无论如何，我是敬佩她的，我觉得她活出了生命的最高意义。虽然我对她有意见，如果我们两个也能进入她的书中就更好了！"阿蛮半是赞扬、半是埋怨地说。

"我觉得我们迟早会被发现的。我能等。再说，即便发现不了，也不怨她，千年之前，主人创造了我们，又用一扇暗门把我们与尘世隔开，就没打算让我们被世人知晓。"燕姿说。

"既然这样，那又何必创造我们？我觉得，这不是主人的意思。"阿蛮摇着头说。

"这样也挺好！"燕姿说。

"是呀！不喜欢，又能怎样？"阿蛮叹口气，忘我地飞舞起来。燕姿也跟着舞动起来。两人配合，飘逸流畅，惊艳无比，堪称绝美……

忽然，她惊醒了。梦中情景，历历在目。60多年前，她从北京那所著名大学毕业后，放弃了留北京或去上海的机会，毅然选择了敦煌，从此就在这儿扎下了根。

这天，她按照梦中情景，在一处洞窟中仔细检查，突然发现了一个封闭的暗门，轻轻打开，一股幽玄气息扑面而来。

洞中两名飞天的形象竟与梦中的毫无二致，仔细看时，飞天的衣袖似在微微颤抖，像是自己的突然闯入吓到了她们，又像是她们仓促结束了尚在进行的飞舞……

◀ 当事人
························

母喜鹊

母喜鹊回巢时，天色已经很晚了。

又干什么云了？孩子这么小，不好好打食，没看见孩子都饿坏了吗？早已回巢的公喜鹊略带愠色地问。

还说呢，我差点就回不来了，我飞进了一所宽敞明亮的房子，可是一点食物都没找到。更让人不可思议的是，窗子明明是透明的，我竟然飞不出去。我一次次地撞击着，撞得头晕眼花，也没找到出路。

就在我筋疲力尽的时候，忽然从屋子里出来一个人。他看见我之后，就一步步朝我靠近，我知道自己已经命悬一线了，但只要还有机会，我肯定就不会放弃，于是继续拼命朝窗子飞去。

可是努力几次之后，不但没有飞出去，还滑掉在窗台上。那人趁机抓住了我，我知道自己彻底完了。

放弃挣扎，还是奋起反抗？我在思索。经过短暂的犹豫之后，我决定奋起一搏。于是在那人准备用手掐死我的时候，我狠狠地往那人手上啄了一口。

我甚至啄得他流血了，那人明显是被我啄怕了，就在我准备再啄他一次的时候，他急忙把我扔掉了，于是我就脱险了。

真惊险！公喜鹊说。

妈妈真勇敢！小喜鹊们异口同声地说。

妈妈和你们说这些，不是为了向你们宣扬妈妈勇敢，而是想对你们说，不管身处怎样的困境，都不要放弃求生的努力。即便面对最强大的敌人，也要勇敢地反抗。只要不放弃，生命就会有希望。孩子们，永远不要忘了妈妈今晚说的话。母喜鹊说。

小喜鹊们似懂非懂地点点头。

李晓明

新闻！特大新闻！你们猜下课后我看到了什么？李晓明上完厕所回到教室后说。

看到了什么？同学们呼啦一下围了上来问。

我看到我们的老师抓到了一只喜鹊，你猜老师抓到喜鹊后又干了什么？李晓明说。

折磨它了？把它弄死了？把它带走了……同学们七嘴八舌地说。

同学们不住地说着，李晓明不住地摇着头。

老师到底把喜鹊怎么了？一个同学着急地问道。

要不是被我看到了，这只喜鹊的命运，肯定是这些情况中的一种。可是呀，这只喜鹊非常幸运，老师刚抓住喜鹊，就被我看到了。

被我看到后，老师的脸顿时变得通红。不过，老师就是老师，他稍做犹豫后就把喜鹊放飞了。李晓明说。

也许老师本来就没打算伤害喜鹊。一个同学说。

要是没打算伤害喜鹊，他何苦费那么大的力气去抓它，你不知道他抓喜鹊时挪动着笨拙的样子有多么可笑！

嘿嘿，更可笑的是老师似乎被喜鹊啄了一口，我看见老师疼得龇牙咧嘴，真是过瘾呀！李晓明说。

我觉得李晓明分析得对，我早就怀疑老师的为人，别看他整天教育我们这样那样，其实呀，那都是骗人的谎言，他自己都不那样做！另一个同学说。

所以呀，我们判断一个人，不能只听他的语言，而是要看他的实际行动。李晓明接着说。

同学们纷纷点头称是。

张老师

你的手怎么了？张老师回家后，和他已冷战多日的妻子看到他的手被纱布包着，就问道。

唉！一不小心，被人咬了一口！张老师说。

肯定干坏事了，不然人家还咬你！妻子愤愤地说。

张老师不再说话，而是垂头丧气地一屁股坐进沙发里。

快说，到底怎么了？真被人咬了估计也不会和我说！过了一会儿，妻子不冷不热地说道。

今天下课后，我看见楼道里有一只喜鹊，看样子它被困在楼道里已经好长时间了，喜鹊看到我后，着急地一次次朝外飞。我如果不管它，它肯定很难飞出去。

再说了，等学生都从教室里出来，它不得更着急，万一撞坏了，或者被那群皮孩子抓住，怎么办？

我本来想敞开窗子它就能够飞出去，可是我刚敞窗子，它就飞到另一个地方去了，看来最好的办法就是抓住它再把它放出去。

看见我企图靠近它，它更加着急地往玻璃上撞，没几下就顺着玻璃掉在了窗台上，于是我一把抓住了它。

第一次与一只喜鹊如此亲密地接触，我禁不住想去抚摸一下它那黑白分明的油亮的羽毛。可是我刚伸出手，它就狠狠地啄了我一口，可把我疼坏了，于是我急忙拉开窗子，朝斜上方一扔，喜鹊就展翅飞走了。

不过，虽然被啄，心里还是挺幸福的，就是有些感慨呀！张老师说。

感慨什么呀？妻子皱了皱眉头问道。

有时候呀，付出爱是危险的，因为你是在真诚地爱，所以不设防，也就更容易受到伤害。张老师说完，发出一声轻轻的叹息。

我看还是啄轻了，再重些，估计就不会回家发神经了！妻子说完，就回到自己的房间，并"砰"的一声把房门重重地摔上。

◀ 点　赞

费了好大力气，刘亮才终于找到一家承诺给村里解决修路经费的企业，他本想大功告成，没想到真正的困难在后头。

崮前，是个交通不便的山村，村里有六十多户人家。村虽小，历史却不短，据县志记载，从明朝初年就有两户人家在此繁衍生息。村里本来就崎岖不平，再加上缺少统一规划，村里村外的道路坑坑洼洼和曲里拐弯。随着时代的发展，局限性越来越明显。

几年前村里与外界联系的道路打通了，村内的道路却仍旧是老样子。崮前是个贫困村，没有集体经济，修路经费村集体没法自己解决。刘亮本想先解决经费问题，别的问题会迎刃而解。实际上，根本没那么简单。

村里的主干道有两种初步规划，一南、一北。若按靠南的规划实施，就要拆掉李姓人家的大量住宅，若按靠北的规划建设，就得迁掉赵姓人家的几座祖坟。

村里李姓和赵氏人户各占三分之一左右，是名副其实的大家族。村里人都知道这个初步规划，正因如此，本来挺和谐的两个姓氏，关系变得微妙起来。两大家族在迁祖坟与拆房屋之间暗中较劲。当然，矛盾归矛盾，谁也不愿把邻里关系搞得水火不容。于是，一番较量后，大家就搁置了矛盾，让生活照旧。

新来的"第一书记"又要修路了，这仿佛在暂时熄灭的大火上泼下一瓢油，热火熊熊复燃。有些人摆好了战斗姿态，等着跟这个新来的年轻大学生试试火力。有些人抱着凑热闹的心理，看这个上级派来的领导怎么收拾局势。

开了两次村委会，两大家族互不相让，事情陷入僵局，刘亮失眠的老毛病就更加严重了。

本来在村里常住的人就比较少，再加上多数是老年人，不到晚上八点钟，山村就静了下来。这晚，踩着清凉的月光，他在村里慢慢走着。山村的夜，异常寂静。偶有几声狗叫，很快就停下了。唯有潺潺的小溪流水和淡淡的药草清香，一路相随，不离不弃。

几天前，母亲打电话告诉他没有合适的思路就不要贸然行动。母亲能帮自己出主意，他异常感动，毕竟对自己的选择，母亲一开始是不同意的。当初自己考大学的目的，就是离开农村，到城市去发展，没想到自己又辗转回到了农村。在母亲看来，别说在农村发展不一定有出息，就是有出息也不能再回来。

当然，母亲不想让自己选择农村的另一个原因是她了解农村的特点，很多困难，难以想象。没想到自己刚来就遇上了。

在村里绕了几道弯，刘亮突然看见前面有户人家的大门敞开着，一位满脸皱纹的耄耋老人坐在门厅里喝茶。见有人来，老人热情让茶。就坐下，喝茶。是丹参茶，汤色红润，味道苦涩。

"年轻人，正为村里的事犯难吧！"老人问。

"是呀！爷爷可有解决办法？"刘亮问道。

"我老了，都照顾不过自己来了，能有什么办法？"老人慢悠悠地说。

老人说完，开始慢慢喝茶，待老人喝完一杯，刘亮急忙起身给老人续茶。

喝过两杯茶，老人又慢悠悠地说："我两年前得过脑梗死，差点就过去了。出院后多亏了这丹参茶，别看它口感苦涩，疏通血管却效果极佳。对工作的堵点，你也别太犯难，村里人应该会有人有办法，你多下点功夫，没准说通就通了。"

对老人的话，刘亮虽然没太在意，但一直记在心头，这晚他正在翻阅党的理论著作，突然又想起老人的话，两相结合，顿觉眼前豁然开朗。

第二天早上刚起床洗漱完，他就急匆匆地走进了一户人家。此后，他用半个月的时间，对村里所有人家进行了入户谈心，对那些常年不在家的住户和在外工作的人，他也都进行了电话交流。

谈心交流尚未完成，他就基本找到解决困难的方法了。虽然这样，他还是认认真真地完成了那次深入调研。

通过这次调研，他对村里的情况有了更深入的了解：有两位在外面发展的老板表示自己可以给村里给予经费支持；有位懂风水的老者建议根据山形水势，将村路修成太极形的曲线，既有特色，又便于后期搞旅游开发，还能避免大规模的拆迁；有两家表示祖坟原来离村子远，现在都被村庄包围了，早该迁走；很多户主表示只要有合适的规划，拆掉老房子没问题，自己那老房子因为交通不便已有好多年没居住了……

"干基层工作，就要真正融入基层。当你俯下身子问计于民，再大的困难，也可能轻易解决。"这晚，通过微信聊天时，他将这几句话发给了母亲，母亲立即给他点了一个大大的赞。

该是谁家桂花开了。淡淡桂香里，那夜，他睡得很甜。

◄ 寻找且于碑

这些日子，厉如是一直在寻找一块石碑。石碑刻于清朝光绪年间，与孟姜女的传说密切相关。

据考证，孟姜女的传说源自春秋时期齐国对莒国发动的一场战争。公元前550年，齐庄公派大将杞梁等人带兵偷袭莒国。兵败，杞梁被俘。后，杞梁妻孟姜女前往莒国寻夫。当她来到莒城，见丈夫的头颅悬于城墙上，悲哭十天十夜，城墙倒塌，将杞梁头颅与孟姜女同时埋没。后，此事广为流传，渐渐演化成大家耳熟能详的孟姜女的传说。

据记载，杞梁战死在莒国都城西南门——且于门，清光绪年间曾立碑以志，碑文为"且于门故址"。现在，这块碑早已不知所踪。这几年，重视文化建设，县里准备将"孟姜女的传说"申报国家级非物质文化遗产。如果能够找到且于碑，它将成为"孟姜女的传说"起源于莒县的重要物证。

根据调查走访得知，石碑去向无人知晓。还能不能找到石碑？

厉如是心里没底。好在，他有时间。他是县文化馆的研究员，多数时间自由支配。

这天，厉如是正和几位老人聊天，手机忽然响了起来，他按下接听键，只听对方说，听说你在寻找一块石碑？

是呀，你知道情况？

那当然！

碑在哪里？厉如是顿时心跳加快。

你先别问碑在哪里，我问你，帮你找到碑，有多少报酬？对方说。

你要多少都成！厉如是不假思索地说。

哈哈！爽快！十万元，少了，免谈。对方说。

好的，没问题。我想尽快见到石碑。厉如是说。

你在哪里，我开车去接你！对方说。

开车来接他的，是一位六十多岁的精瘦老人，眼珠乌黑晶亮，显得精明无比。姓于，在城郊居住。很快，厉如是就见到了石碑。因为石碑被用作了房屋地基，只能看见背面和侧面，但是从材质和风化程度来看，必是且于碑无疑。

要不是我，您肯定见不到它了。当年石碑被推倒后，被当作普通石料运到村外的渠边，准备砸了修渠。当时，我当石匠，虽然没文化，也知道这碑不能砸，就拖延干活进度，趁夜晚与妻子一起把它偷偷弄回家中。别看现在没什么，当时若被发现了，那可是丢命的事。后来，为保护这块石碑，我也费了不少心思。老于呷了一口清茶慢悠悠地说。

厉如是一边听着，一边思考如何兑现给他十万元的承诺。当时他一激动，就答应了。现在看来，相当难办。文化馆没有钱，即便有，也不会出。当然自己完全可以把情况直接上报给有关单位，可那样不还是等于骗了人家！再说，老于保护了石碑，获得一些报酬，也是应该的。

经过反复思考，厉如是决定自己出这些钱。他虽然经济并不宽裕，但几年前老伴意外身亡后，家中的钱完全由自己支配。为了一个如此重要的文物，花些钱，他觉得值。可是他家中的存款只有八万多元，另外的两万从哪里借，他很是费了一番周折。

这日，厉如是带领有关人员来到老于家，问如何取碑，老于笑了笑说："石碑根本就不承重，只要把旁边的泥土挖掉，平衡用力，就能拽出来。"几个人如此操作，果然成功。

冲掉碑身上的泥土，几个敦厚遒劲的大字就出现在了大家面前。虽然历经百余年的侵蚀，多数碑文依旧笔画清晰，美中不足的是"且"字中间的两道小横被砸成了两个凹坑。

"可惜了！太可惜了！"厉如是喃喃自语。

"你是为那个'且'字？这个字应该是和我同姓的村民砸坏的，因为'且于'谐音'切鱼'，不吉利，就有人故意把'且'字砸了。人们还说，这样它就'切'不成了！"老于说。

听完老于的解释，厉如是出了好一会儿神。其实，"且于碑"的"且"字，应读作"雎"，可是，这又有几个人知道呢！

后来，"孟姜女的传说"成功申报国家级非物质文化遗产，而老于也把钱全部退给了老厉。老于说，为保护这块石碑，自己投入很多，一开始觉得要些报酬也理所当然，听说这些钱都是老厉出的后，他顿觉惭愧，就把钱全部退还给了他。

自此，二人成为挚友。

◂ **必由之路**
....

嫌疑人拒不交代犯罪事实，专案组又缺少有力证据，案件审理陷入僵局。

"我觉得应该加强调查走访，寻找关键证据。"专案组召开碰头会时，邵力提议。

"我们已经对附近村民挨户走访过，没人能够提供证据。"姜松说。

"我还是想试试。"邵力再次强调道。

"调查走访，势必花费很多时间，我们耽误不起。"姜松不肯让步。

"深入群众，虽然耽误时间，却是我们解决很多难题的必由之路。"邵力也坚持己见。

专案组长赵大义最初一言不发，最后才说："你们各带一名助手，分头行动，进展情况随时跟我汇报。"

进山的路很难走，邵力突然指着路边的一处空地说："把车停在这里！"

"前面的路还有很远，倘若步行，会耽误更多时间。"开车的小丰迷惑不解。

"你听我的，我们不能像上次一样，这次我带你走一条捷径。"邵力微笑着说。

这确实是一条捷径，距离是近了，但路上耽误的时间却更多。路，很窄，很陡。地面泥泞，脚下不时打滑，一不小心，就会跌倒。他们抓着路边的藤蔓和杂草，小心翼翼地前进着。虽然如此，邵力还是跌倒了两次，小丰身手灵活，有几次差点滑倒，却有惊无险。

"这哪里是捷径？分明是一条远路。"邵力第二次跌倒时，小丰拉起邵力时忍不住说。

"世上没有白走的路。"邵力笑着安慰小丰。

"年轻人，这个季节到这里旅游，可不容易，歇息一会儿吧！"当他们狼狈不堪地到达一户人家门前时，在门口乘凉的一位六十岁左右的老人说。老人皮肤黝黑，满面皱纹诉说着岁月沧桑。

跟老人聊过一会家常，邵力微笑着告诉老人自己的真实身份和此行的目的，还出示了工作证。

"你们这不是害我吗？"老人脸色顿变，压低了声音生气地说。

"我们之所以扮成徒步旅行者，就是为了避免对您的生活造成影响。你倘若知道什么，尽管讲，我们会尽力为你保密。没人知道我们是警察，也几乎没人知道我们来过你家。"邵力耐心地解释道。

老人沉默。

"为什么对我们的调查如此抵触？"过了一会儿，邵力问老人。

老人抬头望着远处苍茫的群山，沉默了好久才说："这毕竟是靠近边境的小村庄，有很多一般人难以想象的情况。三十年前我们村有人参与贩毒，警察对村里部分人进行过调查，毒贩落网后好多被调查人遭到不同程度的报复。后来我们村对警察入户调查就比较抵触。"

"据说，你的妻子这些年很少在家，也与警察的某次调查有一定关系？"邵力满怀歉意地问道。

"看来，你们来前下了一定功夫。那是十几年前的事，警察来我家只是对我和妻子进行常规走访。当时，另有一组警察正在对一起诈骗案进行调查，好事者就将我们与那起诈骗案联系到了一起，还添油加醋越传越真，我们有口难辩。后来事情越闹越大，妻子干脆外出打工，一走了之。这些年岁数大了，不能出去打工了，她宁愿在子女家生活也不肯回来……"老人越说越伤心。

"既然如此，别说他不一定了解情况，即便知道，也不可能透露。"小丰在微信上对邵力说。

"世路难行，有些路段可以另辟蹊径，有些路段只能迎难而上。"邵力回复道。

邵力安慰过老人一番后，准备离开，老人突然说："我家中有好茶，到屋里喝口清茶吧！"

姜松那边虽说获得一定进展，但根本上还是邵力这边走访顺利，几户以前没有透露任何情况的群众提供了许多有用信息。犯罪分子在铁的证据面前，只得低头伏法。

　　"邵力他们很快就获得了我们最想获得的证据，值得表扬。我们请邵力给大家介绍一下成功经验。"庆功会上，赵大义提议。

　　邵力微笑着说："经验谈不上，成功有偶然的成分。我一直和小丰一起行动，让他说吧！"

　　小丰清了清嗓子说："感谢领导给我机会，这次调查让我学到了很多东西。那天，我们把警车停在距离村庄几公里的路边，化身背包客，在一条鲜有行人的小路上艰难地攀爬了近两个小时才狼狈不堪地到达第一户人家。当时，我本想节约时间，直接把警车开到他家附近，可是邵警官却坚持提前停车走那条小路。一开始，我还不理解，现在想来，正是那段路，让我们走进了人民群众的内心……"

◀ 防火演练

清晨，王剑刚醒来就一骨碌爬起来，走出屋子，搓着惺忪的睡眼，看天。天空湛蓝湛蓝，没有一丝云彩。王剑叹了口气，没精打采地回到屋里。今年秋天，雨水特少，山里已经一个多月没正儿八经地下场雨了，再这样下去，防火的压力就更大了。

王剑是峤山护林防火组的组长，干了二十多年防火工作了，一开始，他还是个对防火知识不甚了解的小伙子，二十多年来，他和兄弟们扑灭了几百场山火，想当初几乎光秃秃的峤山成为草木葱茏的旅游胜地，他自己也成长为经验丰富的护林防火员。

山里这些年非常安全，这本来是好事，可王剑认为，这样下去反而不好，大家的思想会懈怠。一懈怠，就容易出问题。就决定额外增加一次防火演练。

方案报上去后，很快就批下来了。上级领导对这次演练很重视，演练那天，镇里有关领导来了，县电视台也来了。这么大的场面，队员们都是第一次经历，大家很兴奋，也很紧张。

为避免发生意外，王剑此前和大家对演练事宜考虑得很全面。他们认为要是没有电视台，会好操作很多，电视台一来，就有些麻烦了，过早地把火扑灭了，上镜效果不好，只有等火燃烧得大一些，效果才好，但这样弄不好就会酿成真正的火灾。不过，他们最终还是找到了解决方法。

　　随着警报拉响，野火熊熊燃烧起来了，队员们以最快的速度赶往现场。风大，草干，火焰很高，火势蔓延很快，着火面积大大超出了队员们的预想范围，灭火难度比他们预料的大了很多。队员们非常着急，这并不是他们怕火，而是害怕不远处的电视台录像工作人员，好在他们训练有素，很快，火被扑灭了。

　　按照安排，灭火之后，大家一起照相，除了留下当日执勤人员正常值班外，其余的职工到餐厅一起吃工作餐。领导对大家多年的表现给予了充分肯定。今天的演练很顺利，队员们虽说身体疲惫，但心里舒服。在领导面前，一开始大家有些拘谨，因为领导和蔼可亲，大家颇为紧张的心情很快就放松了下来。

　　不好了！起火了！就在大家正吃得高兴的时候，忽然外面有人大声喊道。

　　队员们纷纷冲出餐厅，可不真是起火了！浓烟弥漫，阵阵焦味随风飘来。队员们立即投入战斗状态，迅速做好准备后，纷纷冲向火场。

　　这次灭火难度比演练时增加了很多，一个多小时，山火才被彻底扑灭。

　　我们是不是被人算计了，不然，怎么偏偏这个时候失火？送走领导和电视台工作人员，队员们个个垂头丧气，有几个队员甚至孩子般呜呜地哭了起来。

王剑憋在墙角，面色青黑，过了好久才说，工作几十年，第一次碰上这等窝囊事，比大庭广众之下被人打耳光还难堪。难堪归难堪，谁也没有办法，谁叫火不通人性呢！大家相互安慰几句，就都不再说话。

好了，别难受了，大家各就各位吧！俗话说，水火无情，防火的事，一刻也懈怠不得呀！王剑说。

送走大家，王剑又开始了在山上巡视。山里的夜很黑，远处城市的灯很亮。山路更不好走了，但王剑没开手电。走了几十年，都走熟了。

等他爬上峤山的最高点，放眼四望，一派安静祥和。王剑站了一会，不禁悄悄叹了口气，他有些后悔，也有些自责，自己这样做是不是有些不应该？是不是叫队员们风光一会儿、放松一次才是更正确的选择。其实，那场火根本不是什么意外，这本来就是整个防火演练方案中最重要的一个环节，只是，他把知情者控制到了最小的范围之中罢了。

有那么一会儿，他想到第二天告诉大家实情，不过转而又否定了自己。王剑这样想着，不禁笑了。不知何时月亮已经爬上来了，月光沐浴下的山野更加静谧祥和，微风不时飘来阵阵松柏的馨香，王剑在山顶久久站立，仿佛自己也成了一棵松树……

◀ 黑眼睛

这天，豫颖正在山坡上喂鸡，忽然发现山石后面有一双黑眼睛正在朝这边窥视着，豫颖装作没看见，悄悄弯腰从地上捡起一块不大不小的石头，慢慢朝那双黑眼睛靠近，还差几步远的时候，一只野狗噌的一声从山石后面跳了起来，转身就跑，豫颖把石头狠狠地扔过去，石头打在了野狗的后腿上，野狗呜的一声，一瘸一拐地仓皇逃走了。

这是一只黑色的癞皮野狗，自从豫颖在山坡上开始放养柴鸡，它就经常来偷鸡吃，虽说被豫颖打得伤痕累累，它还是照偷不误，豫颖真恨不得借支猎枪，一枪把它打死。

不用说，野狗这次伤得很重，看着野狗狼狈逃窜的样子，豫颖心中稍微平衡了一些，你这只死狗，叫你还敢来偷鸡！豫颖骂了一句，又开始喂鸡。这时，豫颖的手机忽然响了，原来是医院打来的，医院通知她父亲病重，正在紧急抢救，要她抓紧时间去一趟。

怎么单单在这个时候生病？豫颖不禁有些生气，再过几天这批鸡就可以上市了，这个时候最为关键。不过好歹也是自己的爹啊，不去总说不过去，于是就把鸡厂的事匆匆安排一下，便下山打车朝医院赶去。

豫颖已经有很长时间没见过父亲了，一来她确实很忙，二来这些年她一直跟父亲闹别扭。豫颖的家庭很特别。母亲在自己才三岁的时候就去世了，父亲带着自己艰难地生活了许多年。自己长大出嫁后，和父亲眼看都过上了好日子，可是有一天，豫颖忽然听别人说自己不是父母的亲生孩子，豫颖询问父亲，父亲矢口否认，豫颖向别人打听，别人都说不知道，豫颖感到委屈，就赌气很少回家看望父亲。

豫颖来到医院时，父亲正躺在床上打点滴，父亲闭着眼睛，脸上布满了皱纹，头上的白发稀稀落落的。豫颖猛然发现父亲已经非常苍老了，心头不禁猛地抖动了一下。豫颖没有叫醒父亲，她向医生询问父亲的病情，医生说，老人有点轻微的脑出血，因为发现及时，所以打几天针就好了，医生让她好好谢谢那位正在陪护的邻居，因为要不是他发现得早并及时打 120 求救，后果将不堪设想。

以后几天，虽说豫颖和父亲很少交流，但还是非常认真地照顾着父亲，第四天一位亲戚从南方赶来看望，亲戚让她休息一下，豫颖也确实觉得很疲惫了，就临时住进了老家。晚上，她很快就睡着了，在迷迷糊糊的睡梦中，她仿佛听到一阵屋门响动的声音，她以为听错了，就没理会，翻了个身又继续睡去，这时一阵更大的响声传来，这声音古里古怪的，不像是人弄出来的，那又会是什么呢？

豫颖睁开眼睛，翻身下床，这才发现已经是早上6点多了，她刚准备开门，忽然听见门外传来低沉的狗叫声，开门一看，一只狗站在门前，更让她吃惊的是这只狗正是经常到鸡厂的那只，野狗显然也认出了她，他们似乎都没想到会在这里相遇，一瞬间，他们都愣住了，有那么几秒钟，他们互相对视着，谁也没有任何动作。当然还是豫颖反应更快些，她转身抄起门后的一根木棒朝野狗打去，野狗匆忙转身，落荒而逃。刚跑到街心，恰巧有一辆拉货的大车疾驶而来，野狗匆忙躲闪，但还是晚了，大车呼啸而过，野狗没来得及叫一声就变成了一摊肉泥。

活该！谁让你那么嘴馋。不过豫颖转念一想，心里反而觉得纳闷起来，它为什么会在这里？也不像是为了偷东西吃啊！

来到医院，她把这件事同父亲说了，父亲吃惊地问，黑子真的被车轧死了吗？是啊！豫颖点了点头。父亲转过身去，浊泪顺着布满皱纹的老脸流了下来，豫颖看到父亲如此伤心，迷惑不解地问父亲一只野狗有什么好疼的，父亲说，它是我的救命恩人啊！

豫颖大吃一惊，就询问具体情况，父亲说，一年前的一个早晨，我起床早，看见黑子在门前转悠，它似乎饿坏了，我就把一块剩下的馒头给它吃了，第二天早上，黑子又来了，我又给了它一块，此后黑子天天来，我也天天喂它，有时我起床晚了，黑子就会扒我的门，还不停地叫唤。后来我就想自己年纪大了，你又不在身边，万一哪一天我病了，甚至死了，如果有一只狗在门前不停地叫唤，不就会被好心人发现吗？于是我就天天喂它。这次我得病，刚下床就晕倒了，我躺在地上头疼、恶心，不敢动弹，多亏了黑子在门外不停地叫，邻居们才及时发现并把我送到了医院。要不是黑子，我早就见阎王去了，我还想出院后好好谢谢黑子呢，如今它死了，叫我怎么谢它呢？再说，我要是再病了那可怎么办呢？

父亲说完，就呜呜地哭了起来，看着父亲痛苦无助的样子，豫颖心中五味杂陈，眼泪哗哗地流了下来。

父亲出院后，豫颖不管自己有多忙，每天都要抽空回家看望父亲，并且再也不提自己的身世问题了。

◀ 万家灯火

老赵熟练地按开开关，煞白的灯光便充满了楼房。

房子面积很大，虽然尚未装修，也能看出这房子很上档次，他在房间内转了一圈，看了下手中的表格，然后闭上门，下楼，朝另一个单元走去，他现在要去的旁边楼洞的五楼。

老赵今年已经 65 岁了，照说这个年龄不该出来打工了，但是农村都这样，只要身体允许，哪怕 70 多岁都还在打工赚钱，要是闲在家里反而觉得不好意思。当然，打工对他来说应该是不错的选择，自从三年前老伴弃他而去，他一直没有走出老伴去世的阴影。他害怕孤独，不打工，自己独自待在家里，日子岂不更加难熬。

老赵的身体不错，这不，五层楼，噌噌噌就爬上来了，上楼前，他已经找好了钥匙，来到门前，他熟练地敞开门，打开灯，同样煞白的灯光便充满了同样的楼房。

他看了一下手机，时间正好。老赵年轻时当过一段时间的民办教师，养成了严格遵守时间的习惯，时间他一般是准确到分钟的。

这家的户型和刚才那家完全一样，但他还是看出了不同，就像一位母亲能够轻而易举地辨认出别人很难区分开的多胞胎儿子一样。

至此，他已经用一个小时断断续续地打开25家的灯了。现在，他有半个小时的休息时间。接着，他将有一段每晚最忙碌的时间，他要连续不断地工作3个小时，陆续打开62家并关掉96家的灯。

很多时候，他觉得自己像是司令，他的兵是这座刚建起不久却没有一户入住的楼房的灯。有时，他觉得自己像个音乐家，在明明暗暗的闪烁中，他在这座周围尚是旷野的小区演奏着属于自己的灯光音乐，在一派空阔中营造着万家灯火式的温暖。

有时，他异常颓蹶，觉得自己的努力都是徒劳。打开，关上。关上，打开。灯光照亮的只有自己的无边孤独。他希望通过打工寻找热闹，最终他却干了这种活。对他而言，每个夜晚都是从黑暗复归黑暗的过程，那明亮的万家灯火，像极了了无痕迹的梦。白天和深夜的很多时间，他都是静静地待在自己的小屋内，品味属于自己的无奈与迷惘。

当然，迷惘归迷惘，他其实是很负责任的。他觉得既然自己拿了老板的钱，就得按照老板的安排去做，至于这样干的作用和意义，那不是他应该思考和关注的。

我们仔细考察过，你一直严格按照我们的规定操作。一年来，我们的楼盘价格与周围楼盘相比上升幅度是最大的，每平方米超过 3000 元。公司认为，这与你们几个人的努力是密不可分的。公司决定给你发一份 3000 元的年终奖金。希望你在春节期间更认真地工作，年后继续跟我们签订合同。腊月二十那天，公司张副总来小区视察，给老赵送来春节福利并额外奖给他一个红包。

每平方米涨价超过 3000 元，原来自己的劳动这么有意义！他甚至觉得公司奖不奖给他红包不重要，重要的是他知道了自己劳动的价值。公司对自己工作的肯定，让老赵非常感动，他表示要好好考虑一下。

他的儿子和女儿都在上海工作，平日几乎不回家，只在春节期间回来，他不想失去这难得的相聚时光。经过综合考虑，他跟领导表示只在春节期间休息三天，节后尽快上班。

儿女们是腊月二十五回来的，虽说回来了，但是都有多家亲戚需要走，有多处关系需要疏通，有多种事情需要办理，真正全家人聚在一起的时候是大年夜。

一年一次的相聚，喜庆中带着一份无奈与感慨。每年聚在一起，大家都是要回顾一下过去一年的收获，展望一下新年的生活。今年也是如此。

爸爸最开心的事莫过于打工充实了自己的生活，还得到了一个大大的红包。他相信新一年自己一定会干得更好并能得到更大的奖励。

姐姐的最大喜事莫过于工资每月涨了近千元，她相信，新一年工作环境会变得更好，工资也一定会继续涨。

弟弟的最大喜事莫过于跟人开的小饭店生意红火，自己有十几万的年终分红。他相信，饭店明年生意会更好，父亲也能够过上更幸福的生活。

为了给父亲一个惊喜，他最后才说出自己和姐姐送给父亲的新年礼物。他们拿出打拼这么多年的积蓄，悄悄在城里买了一套新房。他们希望尽快把房子装修好了，让操劳了一辈子的父亲搬过去，过上城里人的幸福生活。

因为担心父亲孤独，他们两人特意在县城考察了两个晚上，最后确定了一个入住率最高的楼盘。那家楼盘比附近任何一家楼盘每平方米都要贵接近 4000 元，那套 125 平方米的房子虽然让他们多花了接近 50 万，他们也觉得值。

当儿子拿着新楼钥匙在老赵眼前晃呀晃的时候，老赵着急地问小区的名字。

新城阳光。姐弟俩异口同声地说。

那不正是自己打工的那个小区吗！老赵目瞪口呆。

◀ 南山悠悠

清晨，当周泉看见飘在院墙边那棵老国槐粗壮树干上的红绸时，不禁倒吸一口凉气。

走近细看，那是一把钉入树干两寸有余的飞镖。飞镖呈三棱状，上有诡异的云状花纹。是乔子山土匪的专用飞镖。飞镖上的红绸在清凉的晨风中轻快摇摆，似是对他的无尽嘲讽。

在距周家庄三十余里外的乔子山上，有一伙土匪。他们拦路劫财，绑架勒索，作恶多端。附近有钱的地主、商人皆恨之入骨。最近几年，土匪主要在县城一带活动，现在竟然盯上了周家。

周泉拿来一把铁钳，小心地取下飞镖，发现红绸里面藏着一张字条。看罢字条上内容以及他们索要的银两数，他再次倒吸一口凉气。字条上有周天明的署名。经再三辨认，确实是周天明的笔迹。看来天明真被他们绑架了。

周家是周庄的大户，拥有上百亩好地，但周泉为人低调谨慎。周泉唯一的孩子周天明，却很不让人省心。周天明十岁开始在村里的私塾读书。十三岁后，到外面求学。二十岁时学成归来，父亲叫他接替自己管理家业，他却置若罔闻，执意去外面闯荡。周泉异常气愤，甚至以死相逼。可是天明比父亲还犟，直接离家出走。如今被匪人绑架，周泉一筹莫展。

"老爷！你快想想办法呀！可不能让孩子在匪人手中受苦呀！"妻子拽着周泉的上衣哭哭啼啼。

"我何尝不着急万分呢！这匪人，太可恨！这么多钱，哪里弄去！"周泉长叹一声。

"倾家荡产也得给呀！你儿子重要，还是财产重要呀！"妻子越发大哭起来。

报官，还是乖乖就范，周泉颇为犹豫。报官，弄不好就会丢了儿子的性命。这伙土匪本来就无法无天，把他们逼急了杀人灭口的事肯定能干出来。若是就范，周泉粗略划算过，恐怕把全部土地都卖出去，也难以凑足这么多钱。好在这些年来，自己勤俭持家，还有一点积蓄。周家以低价把房产与土地全部卖掉后，终于凑够了土匪索要的银两数。

当周泉亲自把银两送给联络人后，土匪释放了周天明。但周天明见过家人一面之后，不久就失去了联系。周泉年事渐高，周家日趋败落。当然，对于周家的败落，并没有多少人的关注。毕竟当时是 20 世纪 30 年代，兵荒马乱，社会动荡，多数人都处于水深火热之中，各种惊天动地的大事更是频频发生。

30 年代末日本鬼子攻进莒地，乔子山上的土匪与鬼子激战三昼夜，虽说损失严重，但也让鬼子付出了惨痛代价。

40 年代初期，土匪与日军展开决战，经过近三个月的拼杀，全歼日军及伪军，收复全部失地，土匪也几乎全军覆没。

周泉心中五味杂陈。

1949 年秋，已数年未有音信的周天明回到家乡。秋高气爽，天气转凉。透过破碎的柴门，周天明看见满面皱纹的老母亲正坐在院墙边用柴草烧水。也许是柴火潮湿的缘故，火苗忽高忽低，一阵阵烟雾随着秋风在院子里打旋，母亲不时咳嗽几声。每次咳嗽，母亲脸上密密麻麻的皱纹就会瞬间聚成一团，周天明的心不禁一阵阵绞痛。

"你这孩子！这些年哪里去了？"周天明推开院门，母亲抬眼看时，惊喜交加，急欲起身，一个趔趄，跌倒在地。周天明扑上前去，跪倒在母亲面前。母子热泪交流。

那时周天明已是部队的师级干部。其实，十几年前的那场绑架是周天明自导自演的，当时他已经参加革命并秘密加入了中国共产党，在党组织的安排下，悄悄打入乔子山上的土匪内部，并成功劝他们改过自新，使他们成为八路军的一支秘密部队。当时部队急缺军饷，周天明又担心不用这种方式，父母可能不会立即同意把所有家产投入到革命之中，就用了这个办法。

"你爹是有些不开化，但只要你做的事是正确的，哪能不支持呢！你能说服山上的土匪，怎么就不试试说服你爹呀！"母亲有些生气。

"当时事情太多，情况又非常紧急，才不得已用此下策。"周天明解释。

"当然，你没事就好！你爸辞世前，最放心不下的就是你，去南山跟你爸说说话吧！"母亲说着，浊泪再次流了下来。

　　周天明抬头遥望，南山悠悠，一派苍茫……

◀ 与石语

对孙健来说，值勤时间总是过得太快，快得尚未来得及跟很多朋友打个招呼，就到了换岗时间。

这是个难得一见的好天气，天空湛蓝高远，海浪轻吻岩石，海鸟悠悠盘旋。他比一般日子上岗更早，这样的好天气里，多跟朋友聊聊，尤为幸福。

"嗨！青岛！出啥神呀？是不是想去青岛看看呀？青岛是个好地方呀！可美了，夜晚那灯光，绚丽多彩，大气磅礴。不过，我也没见过。你好好表现，只要我高兴，等我去青岛的时候，就带上你！"

"喂！吐鲁番，你是不是有意见呀？有意见我也不可能带你去呀！要带你去，不得为你专门定制大卡车呀！我看你还是老老实实地在这儿待着吧！"

"秦岭，是不是因为我好久没搭理你而生气，我能忘记了你吗！咱可是认识最早的老朋友了！我就是把我自己忘了，也不可能把你忘了呀！"

"小跳蚤！你不会对名字有意见吧？可是我觉得对你来说，这是一个再恰当不过的名字，你说就你那身量，我如果叫你'青藏高原'，那不是开玩笑吗？"

"小快艇，听说你准备去周游世界？你说周游世界有什么好的？哪里比得上我们这个美丽的海岛！当然，你真有可能去周游世界的，因为没准哪天你就会被哪只海鸟看上，于是你就身不由己地进了它的肚子，这样你不但可以周游世界，还能有一番一般人没法经历的奇幻之旅！你们笑什么？你们不要笑好不好？"

"砚台呢？砚台你躲到哪里去了？你总是那么调皮，一不高兴就跟我玩失踪，上次你让我找得好苦，这次你可别再调皮了！"

说这话时，孙健已经走到海岛边上，砚台是一块光滑细腻的石头，虽说名叫砚台，但是没有砚台的样子。孙健的爷爷擅长雕刻砚台，从自己记事起，爷爷的房间里就摆满了各式各样的砚台，他是在爷爷和砚台陪伴下长大的。半年前，爷爷永远离开了这个世界，因为驻守这个孤独的海岛，他没能回家见爷爷最后一面，也没能送爷爷最后一程，爷爷永远地走了，只留下了满屋子砚台，要是爷爷在，把这块石头带回家，准能雕刻一方精美的砚台。想到这里，他的眼睛突然感到有些发涩。

因为海风、海浪的关系，个别石块挪动位置是常有的事，尤其是那些体积不大的石头。此前，砚台也出现过位移现象，但是他都是很快就找到了，这次不知是怎么了，他四处查看，沿着海岸他上上下下找了数十米的范围也不见砚台的影子。

他仔细查看几处岩石的裂缝，也没有。难道是掉进海水里去了？下不下海？他有些犹豫，毕竟现在这个季节，海水异常寒冷，不适合下海。其实，没有特殊情况，即便气温适合也不能随便下海，海边多数地方异常陡峭。海面看似风平浪静，水面之下可能暗流横涌。

应该就在这附近，下去摸摸，也许就能把砚台找回来。

他把外衣脱下来，放在秦岭上，先把小青岛压在了上面，又害怕突然来风，就又把吐鲁番搬了上去，然后小心翼翼地向水边走去。

他刚进入水中，平静的海面突然翻起一股巨浪，裹挟着泥沙和水草，以迅雷不及掩耳之势扑来，他虽然急忙躲闪，还是被扑倒了，他被回抽的海水一下带到了海里，好在随后又一个巨浪把它重新送到了岛上，他一把抱住一块被自己称为泰山的礁石上。

巨浪一个接一个扑来，孙健始终保持抱紧的姿势，虽说能够避免被水冲走，但是根本无法从海水中脱身。这时海面上起风了，整个大海仿佛苏醒过来的怪兽，风大浪急，汹涌澎湃。

"班长！班长！"在风浪巨大声响的间隙，他听到一声声微弱的呼喊声，他知道是冯新在找他，他大声应答，可是他听到对方声音越来越微弱，直至消失。

不知过了多久，那声音又响起并渐渐高了起来。在冯新的帮助下，孙健终于得以脱困。

因为受伤严重，回到营房，过了好久，孙健才缓过劲来。"班长，这么冷的天，你怎么还敢下海洗澡？要不是看见你放在礁石上的衣服，我们根本就发现不了你！"冯新不解地问道。

孙健一时不知怎么回答才好，要不是冯新及时搭救，自己非得毁在那儿不可，这么大的事，他真不好意思说是为了找块石头。

就在他扭头转向窗台时，忽然看见砚台稳稳地摆在窗台上，旁边还摆了棵用贝壳种植的红色多肉。

"是你把砚台放在那里的？"孙健问完这话，又觉得自己问得实在有些傻，这岛上日常只有他们两个驻守。既然不是自己，还能是谁。

"砚台！"冯新有些懵。

"就是这块石头。"孙健说。

"班长，是我放的！我管他叫蒙山。从这个角度看，它和我们家乡的蒙山神似，我家就在蒙山脚下。你要觉得把它放在这里不合适，我就把它拿回去。"冯新小心翼翼地说。

孙健没回答，只是转眼望向窗外，不知何时，海上又变得风平浪静了，天空依旧湛蓝高远，海鸟依旧悠悠翱翔。

◂ 独辟蹊径

莒城有丰厚的文化底蕴，也有热闹的文化市场。有名头的书画家大有人在。虽没名头，但痴于书画者更数不胜数。人一多，自然各色人等都有。我的两位邻居，为人处世就大相径庭。

一位姓郑，名为郑天，我呼之郑哥。郑哥热情好客，偶有空闲，便招呼我到其画社喝茶。郑哥颇有名气，作品屡次参展，并经常被收录入全球书画名家辞典之类的巨著，设计考究的名片上印满了头衔，各种获奖证书三四书橱都装不下。

郑哥非常忙碌，每次跟我打电话，不是在参加活动，就是在去参加活动的路上。当然，我不会这么不识趣，明知人家忙碌，偏要打搅人家，多数都是他主动告诉我的。

郑哥联系我，多是先跟我通报行程并感慨太忙太累，接着就麻烦我帮忙。日常琐事居多，也有关注某电视台对某项活动的报道之类的事。当然，那项活动一定是他参加过的。郑哥慷慨，每次麻烦我后，往往会有回赠，以让我到他家赏画居多，有时还会送我一小幅画作。这些画作，我都珍藏于衣橱内，积攒下来，已有几十张。据他介绍，其画作价格在不断攀升。我有时想，说不定某一天，我能踏着这些画作迈入富人之列。

另一位姓明，名为明华，我称之明弟。明华年轻时曾多次拜师学习，后又师从全县最著名的画家学艺多年，据说画风独具一格，但真实水平，少有知晓者。其同学多已名利双收，唯独他寂寂无闻。

书画界名人多擅长交际，明华却是典型宅男。他深居简出。偶尔外出也颇为懒语，与邻居见面，几乎连招呼都不打。我们交往很少。很明显，他不喜欢了解别人的生活，也不愿别人走进自己的世界。

如果单纯自己宅也就罢了，偏偏让其作品也宅在家里。各种画展，他从不参加。他的画作，既不送人，也不示人。作画期间，谢绝打扰。要不是从他家中时时飘出淡淡墨香，恐怕连我这个邻居也很难知道他多数时间都在家作画。

十几年前，大家刚搬新居，我们三家在一起聚餐。郑哥作为成功画家，非常想带带明华，几次准备为他指点迷津，偏偏郑哥每次要切入正题，明华就顾左右而言他。

世界本来就是一个名利场，只有入场，才能博取名利。或者说，你得进入这个圈子，并尽力往中心挤，才能最大限度获得成功。不要担心自己的作品被人讥笑，我就是在别人的讽刺中成长起来的。听说过眼球经济的说法吗？只要大家关注你，哪怕一起骂你，也是好的。书画界何以如此重视名气，根本原因是真正懂画者少，于是名与利几乎等价。

看明华反应冷淡，郑哥忍不住跟我们讲他的奋斗史和人生哲学。我只是玩玩而已，至于成名获利的事，怎敢奢望。明华低头小声说。即便是玩，也可以顺便获得一些好处。你这样，会弄得连纸张都买不起的。郑哥郑重提醒。然而，明华依旧我行我素。

2020年新冠肺炎疫情防控期间，有关部门组织捐款抗疫，我们小区有人匿名捐款200万。个人捐款这么多，颇为惊人。大家纷纷猜测捐款者到底是谁。有关媒体也不舍得放过这个新闻点。经过不断排查，发现捐款人竟是明华。

他怎么这么有钱？到底是怎么赚来的？人们议论纷纷。

我敢断定明华想以这种方式引起圈内人关注，接着进入圈子。不过，代价太大，方法也不对。郑哥悄悄跟我说。然而，郑哥显然判断错了。明华对任何媒体的采访一律拒绝，此后很长时间，与以前毫无二致，直至大家对这事渐渐淡忘。

这日，老婆整理书橱，见我珍藏的老郑画作似有霉变，就托明华妻子疏月给找书画界熟人处理，疏月看后摇头并悄悄对我老婆说，这画不存也罢，有空我送你幅好的，顺便告诉你个小秘密：我老公作画极少，非精品不外传，从不署名。有书画商为其悄悄经营，虽贵却供不应求。画作多数供书画界沽名钓誉者博取名声。明华曾对我说过，老郑借以加入省级美协的画作就全是他的作品。

这话虽然惊人，似乎也是可信的。毕竟，疏月为人诚实，并且和我老婆是很好的闺蜜。

◀ 阴晴瞬变

　　如尘可能得了怪病，婆婆在电话中小心翼翼地说这话时，赵茜正在一款手机游戏上玩得热火朝天，她强行退出游戏，整个人几乎瘫倒在椅子上。

　　骑着电动车穿行在车水马龙的大街上，赵茜对时间的流逝感受倍感真切，仿佛前几日还是盛夏，转眼就已深秋。街边的绿植一派静默，轻飘的黄叶悠然零落，熟透的银杏兀自掉下，地上的金黄恣意蔓延。

　　岁月的磨砺荡掉了赵茜对生活的诸多热情，当初给孩子取名"如尘"，包含着赵茜对生命的认知。等如尘渐渐长大，赵茜见其聪明伶俐，心态渐好。两年前，如尘已认识数千汉字。其现已7岁，平日好静，经常抱本书独自阅读。有空时，她喜欢用伟人故事教育孩子，渴望孩子未来能光辉灿烂，别像自己一样平庸。

　　"我们不能乱了阵脚，现在医学发达，再棘手的病也有望治愈。这事不能声张，知晓的人必须控制在最小范围之中。"初步了解情况之后，赵茜跟婆婆达成共识。

"就连如尘自己也不让知道，否则，即便治愈了，也可能影响他的心态和未来发展。"赵茜特意提醒婆婆。

"孩子经常无缘无故地就把自己关进橱子里，无论怎么叫都不出来。晚上明明睡下了，说不定什么时候就悄悄起来了，躲在黑影里发呆……"奶奶向医生介绍说。

"这么看来，孩子有孤独症的可能，只有对孩子进行系统检查，才能确诊。"医生说。

"不要告诉孩子，这是进行什么检查。我怕孩子心灵受到伤害。"赵茜叮嘱医生。

"通过检查来看，孩子目前应该健康。"经过一阵漫长的等待，医生从检查室走出来说。

"什么是'目前应该'？能不能给我一个确定的结果。"赵茜着急地问。

"即便得了这种病，不同阶段症状表现也是不同的，我们强调'目前'，是因为情况会随时变化。"医生解释道。

"这医生看似严谨，实则无能。还得到大医院检查。"在本县医院检查后，她们决定带孩子去省城医院看看。可是省城医生的说法几乎与县医院的一样。

回到家后，赵茜不停地回想医生的话："现在多数父母陪孩子的时间太少。作为母亲，你对孩子了解明显不够，多陪陪孩子，多与孩子交流。注意观察，如有异常，及时就医……"

医生的话还算合理，作为母亲，自己在很多方面确实做得不好，赵茜决定改变自己。

此后，孩子虽然仍不时有异常行为，好在情况并未加重。随着时间的流逝，如尘和自己交流逐渐畅通。

"妈妈！最近你为什么不高兴？是不是因为我不乖？"这晚，如尘躺在母亲怀里说。

"妈妈哪里不高兴了？你很乖的，你永远是天下最乖的宝宝！"赵茜微笑着说。

"别骗我好吗？我早就感觉到了，我倘若没问题，你们为什么一次次让我去医院检查。"如尘很不高兴地说。

每次被如尘这样质问，赵茜都会支支吾吾，百感交集。

这晚，赵茜悄悄进入如尘的卧室。如尘没在床上，仔细检查，才发现他蜷缩在床头放衣服的橱子里睡着了。见其蜷缩着身子满身是汗的那种憋屈样，赵茜差点心疼得流出了眼泪。

"妈妈！"赵茜轻轻弄醒如尘后，他突然大哭起来。

"没事的！妈妈不批评你！"赵茜急忙安慰如尘。

"妈妈，你说我怎么这么没出息，竟然又睡着了。"如尘边哭边说。

"你都说了些什么呀！妈妈不懂！"见孩子说话不着边际，赵茜也几乎哭了起来。

如尘一开始坚决不出来，费了好大力气，赵茜才把他弄到床上去。

"躲在那里面有什么好的，下次可千万别这样了！"天亮之后，赵茜抱着儿子温柔地说。

"不好也得躲呀！欲成大事，必先吃苦。不从小就开始锻炼，长大后怎能成为大英雄。"如尘很有决心地说。

"你这是锻炼什么呀？"赵茜不解地说。

"锻炼在封闭空间内生活并坚持长时间不睡觉呀！"如尘说。

"这算哪门子能力呀！以后咱不锻炼这个了，好吗？"赵茜愈发觉得孩子有问题。

"不锻炼怎么行？这可是选拔航天员重要的考核项目之一呀！他们能在密闭空间内坚持72小时不睡觉。我怎么那么无能，每次不一会儿就睡着了！"如尘委屈地说。

"即便果真如此，那也是航天员的事，与你有什么关系！"如尘更生气了。

"怎么没关系？长大后，我要当一名光荣而伟大的航天员！"如尘底气十足地说。

赵茜恍然大悟："你这孩子，不早说！"

"说什么呀！"如尘扑闪着明亮的大眼睛问。

前一秒还是狂风暴雨，后一秒就晴空万里了。赵茜搂住孩子，紧紧地，心里比飞上了太空还要兴奋。

◀ 不倒的尊严

"你家老屋倒塌好几个月了吧！你要是不打算翻盖，那地方我想用，至于钱，多少好说。"这日，邻家二哥大壮给我打电话说。大壮在青岛当老板，虽说是老家的邻居，但我们关系一般。忽然给我打电话，我一时难以回答，就说与家人商议后再给他回复。

老屋有五十多年历史，倒塌前就已破败不堪。自从父亲过世，母亲一直居在村里我的新房子里。如何处理这幢老房子，成了棘手难题。重修，得花不少钱不说，关键是即便修好了，也只能闲置。母亲自己住在老家，一套房子都显得多余，何况两套？可是放弃，又不忍心，毕竟那是我们生活了几十年的老屋，是我们祖辈居住的地方。然而现实不饶人。我只能让它一直破败着，直至它在今年连续不断的暴雨中彻底坍塌。

我这样做，最接受不了的是母亲，老屋是父母年轻时费了九牛二虎之力才盖起来的，那块宅基地更是与好几户人家激烈争夺好久才好不容易获得的。每当回忆起那段往事，母亲总是感叹不已。当时的竞争者，就有大壮的爸爸。

近年来，村里多数人家都已对老屋进行了翻新，唯有极少数几家一直破败着。那几户，要么人丁不旺，要么经济拮据，很被村里人看不起。母亲是个要强的人，怎么受得了村里人的白眼？她几乎把所有不满都发泄到他无能的儿子也就是我的身上。可是，我哪有这个能力，城里的最基本生活我都疲于应付。

现在大壮要用，自然得跟母亲商议。我最怕跟母亲提这事，但不提又不行。这天，我小心翼翼地跟母亲说明情况后，母亲淡淡地说："他想用就用吧！给我三十万就行。"

我提示母亲宅基地现在是不允许买卖的，母亲干脆地说："谁说我买卖宅基地了，我卖的是地上的东西。""那点东西能值几个钱？"我说。"我觉得不止值三十万，这还是邻里邻居的看情顾面呢！村里早有好几户人家瞅着这个地方了，我跟他们说了，谁用也行，都是这个价格。"母亲说话干脆利索，显然是经过深思熟虑的。我知道母亲的脾气，她作出的决定，从来不允许我们再讨论。

"太多了！你打听一下，十里八村的，可有这个价格！"我告诉大壮后，他有些生气地说。"二哥，你不要误会，这是我妈的意见。"我解释。"现在是咱弟兄在办事，你不要把老人抬出来做挡箭牌。你真心处理，五万左右我们可以商议。"二哥诚恳地说。当我再次跟母亲商议，母亲气愤地说："这是我的房屋，怎么处理是我的事，你们有什么权力逼我！"

我不想再惹母亲生气，也不愿得罪二哥，就在中间努力协调。

最后二哥表示最多出十万。这个价格已经远远超出了我的想象，打心底里我是希望母亲让步的，于是变着法子劝说母亲。但我越劝，母亲越生气。二哥也生气，不再理我。

两个多月后的一天，我回家看望母亲。有一台挖掘机正在老家的宅基地那边施工，二哥在旁边指手画脚地指挥着。这是什么情况？我不便多问，加快车速驶过。

宅基地我处理了，前些日子村主任过来，说是村里准备建一个小广场，一直找不到合适的地方，老宅那地方靠近新规划的大街，非常合适，问我是否可以商议，我就答应了。我刚回家，母亲就对我说。

我问村里给钱了没有，母亲说没有，还说就是给，她也不要。母亲的做法，很让我吃惊。

"刚才我从那边开车过来，怎么发现大壮在指挥，你不会是被他们合伙忽悠了吧？"我问。

"哪能呢！据说，他是修建广场的主要投资人。"母亲淡淡地说。

"我们闹得这么不愉快，看来是误解他了，我要不要抽空跟他道个歉？"我跟母亲商议。

"道啥歉？不愉快是他自找的。这不是我们的错，他要是早说清楚意图，何至如此。有钱就了不起！就可以践踏别人的尊严？我是不会让他们看扁的。"母亲挺直身子，生气地说。突然，我发觉母亲特别高大。

◀ 登山节

听到办登山节的消息后，大家纷纷摇头。

多少年来，卜家崮一直是个闭塞的小山村，一圈小山把村子围得密不透风。几年前，一条穿山隧道通畅了村子与外界的交通，但村民依旧不富裕。于是，大家对新来的年轻"第一书记"徐希望寄予厚望。

徐希望高高瘦瘦，是从大城市来的高才生，平日里喜欢穿一身运动服，走路风风火火，一看就是能干事创业的人。然而真是希望越大，失望就越大。转眼间，徐希望来村里工作已有两个月了，没有多少实质性举措也就罢了，竟然执意要办登山节。

这天，刚开完会，村民们就纷纷议论起来。

"办个虚头巴脑的登山节有什么意思！这些年地方性节庆活动不少，大小明星也请了不少，最终还不是轰轰烈烈地办个一两次，便不了了之。"

"经费从哪里出？要是挂在村里的账上，他没几年就拍拍屁股走人了，最后还不是坑了咱老百姓。"

"城里人爱登山，对我们来说，登山就是折磨，怎么把登山还弄成了节日？我们一个穷山村，哪里经得起瞎折腾！"

现场虽然异常吵闹，这些话，徐希望还是听到了，他没制止，也没解释，只是暗中使劲攥了攥拳头。

通知是在村微信群里公布的，登山节没有开幕式和闭幕式，更不请任何领导和明星。登山比赛的基本要求是从村里的小广场出发，谁能既快速又安全地登上北崮顶，谁就是优胜者。比赛分三次进行，每天一次，根据三次登山情况决定获奖等次。

环绕卜家崮的一圈山中，北崮顶是最高点。这些山多数周围峭壁如削，顶部平坦开阔，山上长满了刺人的山枣树，尤其是顶部，枣树密密麻麻。每到秋天，漫山遍野的山枣红了，与零星生长的黄栌红叶相得益彰红艳似火，在晨光与晚霞里光芒四射，颇有万山红遍的壮阔气势。

虽然大家对登山节不感冒，但参与比赛的积极性还是很高的，毕竟奖金诱人啊！比赛结果却出人意料，很多志在必得的本村年轻人没获奖，千元大奖却被邻村一位经常上山采药的年近70的老人夺走了。

比赛那几天，很多外地人前来围观，小山村经历了一场从未有过的短暂热闹。热闹过后，山村照旧平静。这早在大家的意料之中，唯一让人感到意外的是，登山节的所有花费都是徐希望自己出的，村里没花一分钱。

几个月后，村里又有了点动静，一个占地几百平方米的厂房在村前动工了。同时动工的，还有几条通往山顶的小路。因为有了办登山节不成功的先例，大家对这些小举措已不太关心。

那年秋天，当漫山遍野的山枣红透时，村里的枣仁加工厂也开始大量收购山枣了。价格高得超出了村里人的认知。这种以前无人搭理的东西竟然能换来大钱？大家在农忙之余，纷纷上山摘枣。于是，漫山遍野的红枣转眼就变成了喜人的金豆豆。

以前青年人都难以爬上去的北崮顶，因为有了好走的道路，就连很多老年人也能轻松征服了。能上山就可摘枣，有枣就能换钱。村里人开始对这个年轻人刮目相看。

这酸枣能有什么用？价格竟然这么高。这日，刚卖完酸枣的几位老人拦住徐希望问道。

别看它小，作用却很多，这里面的枣仁，是一味宝贝中药，有养心、益肝、安神、敛汗、生津等功效，配合其他药使用，对心悸、失眠、健忘、眩晕等病症，有很好的治疗作用。在日常保健方面，它能预防高血压、保护心脏。徐希望仔细解释说，现在人们尤其是城里人，生活水平高了，但是失眠多梦以及血压偏高的情况却比以前多了，所以枣仁价格升高，也是情理之中的事。

"真厉害！我在山里生活了多半辈子，还不知道它这么有用。"一位老人竖起了大拇指说。

"我知道的只是点皮毛罢了！"徐希望微笑着说，"更何况，就连这点皮毛，也是我来村里后才学到的。"

"别的不说，单说那几条上山的路，规划得太有水平了。我听说这些路径都是你亲自划定的，真不简单！其实，村里以前也有过修条山路的想法，但觉得用处不大，又没找到合适位置，就放弃了。你说你一个城里人，怎么对探索山路这么在行！"

徐希望依旧微笑着说："路是不好找呀！但最终不还是让大家给找到了嘛！"

对书记的话，大家一开始都没反应过来。好久，才陆续有人发出恍然大悟后的惊叹。

靠卖酸枣，村民富起来了。依托枣仁加工厂，集体经济发展起来了。村里车辆多了，年轻人多了，村子靓丽起来了，村民幸福起来了……

当又一个山欢水笑的春天点亮山村，村里传出了不再举办登山节的消息，村民们顿时不乐意起来。"这节不办下去怎么行？我们找机会去跟小徐理论理论！"村中广场上的晨练者一拍即合。

◀ 生命的地基

接到军哥邀我参加他的食品厂开业典礼的电话后，我颇为吃惊。军哥竟然开工厂当老板了！

军哥是我的小学同学。当时我在班里算是优秀学生，军哥却是最差的学生之一。他不但成绩不好，而且调皮捣蛋。上树掏鸟窝，下河摸泥鳅，都是他的强项。尤其是上树掏鸟窝，他的水平在村里的同龄人中绝对是无人能比的。他胆量大，攀爬能力强，不管多高多粗的树，都上得去。附近村里的鸟窝，只要他想掏的，几乎没有能逃脱厄运的。

上完小学，我中学、大学的一路上下去，一直在一个靠近县城的企业当上工人。军哥小学毕业后就辍学了，先是在村里和几个同伴玩了几年，接着到一家建筑公司找到工作。此后多年，我工作的企业一直不景气，日子也过得很紧巴，想不到他竟然发了财还开了工厂。

我向强哥了解他的发财之路。强哥也是我的小学同学，在同学中，他是出了名的"万事通"，村里同龄人的情况，几乎没有他不知道的。

军哥在那家建筑公司一开始专门安装铁塔。他胆量大，肯出力，技术也不错。十多年来，他安装的铁塔一直是最牢固的。别人安装铁塔遇上麻烦，厂里多数都安排他去解决。凭着扎实的工作作风和无与伦比的攀爬特长，他不久就成了厂里的骨干，再后来就成了中层，并被安排担任采购科长，负责整个工厂的原料采购。

公司规模不断扩大，采购量迅速增加，他也发了起来。后来因为在原料价格和账目上做手脚太明显，老板对他失去信任并把他调整到了别的岗位上。没多久，他就辞职了。

看来他的确发了不小的财，不然，怎能自己办厂呀！强哥介绍完，淡淡地说，看得出强哥的内心也很复杂。我知道，强哥一直靠开出租车赚钱，日子也过得不富裕。

军哥的食品加工厂开业那天，我和强哥都参加了典礼。那天，除了业务上的朋友，他还邀请了上小学时的所有同学。好几桌子人，有从政的、有经商的、有务农的……大家都感慨军哥是奇人有奇才，一致认为当初班里成绩最差最不受老师待见的同学，如今已经成为最有钱的成功人物了。这样的结果刺激得男士们频频举杯狂饮，女士们纷纷唏嘘感慨。

不久，军哥以优厚的条件邀请我去他的食品厂工作。我犹豫再三，还是拒绝了。五六年之后的一天，军哥路过我家，表示手头暂时紧张，向我借一千元钱。此后很长时间，军哥一直没提还钱的事。我向强哥了解他的近况。强哥说，你怎么不早问我，他的工厂早就倒闭了，而且还欠了一屁股债。据说有近百万呢！你那一千元钱怕是等于丢了。

看我确实不了解，强哥就向我介绍起他落败的具体原因。

他担任采购科长时，积攒了一定的人脉，据说也有了几百万资产，等自己建立起工厂后，一开始在任何涉及资金的问题上都亲力亲为。这样，他根本忙不过来。可是不管用谁，他都怀疑别人对公司不忠诚，不停地用各种办法进行检查、试探。人们要么另谋出路，要么主动要求更换职位。公司人事变动频繁，然而管理依旧混乱，于是亏损不止。一开始他没太在意，等发现情况严重，找专业人士对公司资产全面核算，发现已经亏损了几百万。他把工厂整体变卖后，还背了一屁股债。

人总得量力而行呀！咱都知道他那水平，凭他肚子里的那点墨水，跟着别人干还能凑合一阵，要是独立管理一个企业，肯定不行。对强哥的看法，我表示赞同。

多年之后，当我再次回想起军哥的人生沉浮，还是禁不住感慨。现在想来，军哥失败的根本原因，与其说是缺少学问，不如说是缺失了道德。也许从他在原料价格上做手脚开始，生命的地基就已经开始动摇，直至软化为无底的泥潭，于是所有的挣扎都只能使他愈陷愈深。我也常想，如果军哥离开铁塔厂后就拿着几百万存款乐享人生去了，那该多好！可是假设终归只能是假设。这样看来，在人的一生中，知道适可而止，甚至比攀爬生命的更高高度还要重要啊！

◀ 青春之旅

梅娜刚准备躺在床上休息下，外面就响起了敲门声。请问你是谁？你找谁？梅娜警惕地问道。我是梅娜的表哥赵方，我找梅娜。对方回答道。赵方这个名字梅娜非常熟悉，他是自己表姑家的孩子，在杭州工作，但是他们并没有见过面。

梅娜开门后，看见一位阳光帅气的小伙站在门口，急忙邀请他进来。通过聊天得知，赵方在一家企业担任会计，工作单位离这里不远。

梅娜是吉林人，她在北京上大学，一直利用假期外出旅游，这个暑假他准备游览苏州和杭州，杭州是她这次旅游的第一站。梅娜家中并不富裕，她是用时下最流行的"穷游"方式进行旅游的，也就是一边做义工一边旅游。

梅娜学的是英语专业，在这家旅馆，她选择的打工方式是给这里部分员工们进行口语培训，旅馆在免费给她提供食宿的前提下，每天给她100元的报酬，这样算下来，她的整个旅程几乎不用花一分钱。除了工作时间，她可以到自己喜欢的任何景点旅游。

今晚我们就不要在这里吃饭了，我请你到外面吃，难得来一次杭州，天天待在一家酒店内吃饭多，没有意思呀！当他们聊了一会儿天后，赵方说。

就在酒店里吃吧！我请客，这边我熟悉，能够给我优惠，外面价格太贵。虽然梅娜一再推辞，但是赵方实在太热情了，梅娜就跟赵方到离酒店不远的一家饭馆吃饭。

赵方出手阔绰，那顿饭花费数百元。吃完饭，赵方约梅娜到西湖边看一下夜景，梅娜推辞。就在两人正说话时，赵方忽然抢过梅娜的随身小包就跑。梅娜刚想去追，赵方就被不远处的一个男子伸腿绊倒，与此同时，街边几个散步的人一起上手，把赵方死死地按在地上。

表哥，你这是干什么？梅娜急呼呼地跑上去问。

想跟你开个玩笑。赵方龇牙咧嘴地解释说。

别听他瞎说了，先报警再说。刚才伸腿绊倒赵方的人说。你是谁呀？梅娜问道。是老板安排我暗中保护你的，从他进了你的房间，老板就一直密切注视着你们房间的情况，看到你跟他出来了，老板叫我跟着你，保护你的安全。

误会！真是误会。放了我，我跟你们解释。表哥一再哀求，梅娜也觉得情况蹊跷，才同意让表哥先起来，并把他弄到了酒店中。

原来表哥是故意来试探梅娜的。知道梅娜在杭州用边打工边旅游的方式进行旅游后，父母觉得一个女孩独自在外不容易，更担心她的安全问题，于是就叫表哥过来看看具体情况，还特意要求一定要测试一下梅娜的自我保护意识。经过观察，赵方觉得梅娜住宿的酒店很正规，在酒店里应该不会有什么问题，就故意约她出来，顺便验证一下，没想到碰上这样的事。

哎哟！哎哟！我的胳膊刚才跌得好疼呀！待到酒店的人员离开房间，赵方活动着胳膊说。梅娜急忙帮忙查看，好在只是磕破了一点皮肤，总体没有大碍。

谁叫你这么认真的！多亏你没在屋里测试，否则可有你好受的了！梅娜笑着说，接着悄悄展示了一下随身携带的防狼喷雾和防狼警报器。至于我的安全，你就放心吧，我天天在外边，要是不会保护自己，那还了得！你在杭州工作也好几年了，对杭州肯定很了解，要是真关心，我就给我推荐几个最有特色的景点吧！

我哪有这个本事呀！在杭州这三年，单位时间抓得很紧，即便偶有空闲，也有许多必须处理的事情要做。别说没有钱，就是有钱，也没有时间游山玩水呀！除了西湖，我哪里都没去过。这次过来，我还是专门请的假，要不是为了你，我现在还在单位上班呢！你趁现在增长一下阅历的做法，我非常赞成，更无比羡慕。等开始工作了，几乎就不可能了。说完，赵方轻轻叹了一口气，梅娜目瞪口呆。

◀ 智商问题

接近中午 11 点，春末的阳光灼热地照着，晒得人皮肤有些发痛。王娜骑着电动车在人流车缝间拐来拐去慢慢前进着。她骑车姿势很优雅，显得气定神闲、不急不躁。实际上，她内心相当焦灼，道路上聒噪无比的声音她仿佛一点也听不到，耳畔只是一遍遍回响着张老师的话。

你这孩子太难教了，我一直怀疑他的智力有问题，你最好同他去测一下智商！张老师指着严超，很不客气地对她说。

我觉得没有必要，孩子的智力应该没问题。当时她这样辩解，但是连她自己都觉得辩解苍白无力。

要是没问题，成绩怎么会这么差？不学习也就罢了，更烦人的是天天捣乱，影响别人学习。

孩子他爸单位效益不好，我又没有固定工作，我们经济不宽裕……再次回忆起自己这些话，她感到自己的心在流血，拮据的生活已经使自己毫无颜面了，想不到自己的孩子也这么不争气。

再紧张，在孩子身上也要舍得投入呀！总不至于连这么点钱都没有吧！张老师满脸鄙夷的神情令她无地自容。

儿子严超现在上高一，不但对学习缺乏信心，而且经常违反纪律，成绩很差。为此，班主任张老师曾多次向她反映情况。可是她也没有办法，严超就是这样，你批评他，他当时非常听话，之后照旧我行我素。

老师让王娜带严超去做智商检测，王娜有很多顾虑，倘若检测出孩子智商确实有问题，那不是会对孩子脆弱心灵和今后发展有很大负面影响吗？她把严超领回家后，把他批评一顿，自己就出门了。她决定先去张教师给推荐的医院咨询一下情况。

她正准备挂号，手机忽然响了，她拿出手机一看，原来是张老师打来的，张老师首先问她是不是跟儿子在一起，然后告诉她，自己绞尽脑汁就是调动不起严超的学习积极性，让严超去做鉴定实际是想激发一下他，他跟医院的那个医生熟，他已经跟医生说好了，不管鉴定结果如何，都要求医生告诉严超他的智商很高，具有非常大的发展潜力，而鉴定结果医院本来就是只告诉家长的，所以这样既了解孩子又能鼓励孩子，做一下应该有好处。

王娜急忙问为什么不早告诉她，张老师说，如果早告诉了她，他担心她不一定能配合得那么好，因为他还想让严超觉得自己学习不认真，导致家长在老师面前也没有面子。这样也许能激活严超内心潜存的自尊和不服输的精神。他希望王娜能够原谅自己刚才对她的不尊重并支持他的做法。

听完老师的解释，王娜甚至有些不敢相信自己的耳朵，她实在不敢相信老师为了教育她不争气的孩子竟然肯动这么多脑筋，相比之下，她对孩子的教育方式却太单一了，这也许就是孩子不听话、不认真学习的主要原因吧！

两周之后，严超的智商测出来了，果然如老师所说，测完智商，医生高度表扬了严超。王娜也表扬了严超，并对他今后如何学习进行了耐心指导，张老师也对他做了很多工作，此后严超学习果然认真了许多。

这个学期转眼就结束了，放假这天，严超抱着一大摞崭新的书籍，满面春风地朝母亲跑来，说："我获得了班级进步奖，这些书是老师奖给我的，老师说这是班里从本学期开始设的奖项，只奖给进步最快的学生！"

看着那摞崭新的书籍，王娜猛然觉得儿子的美好未来正一页页翻开，不禁心潮澎湃，久久难抑。

回家吃午饭

◀ 冰 山

　　拐下省道，轿车进了山乡小道。路依山势而修，或顺溪流而建，弯曲虽多但很自然，起伏虽大却较和缓。路上车辆与行人都很少，车开起来格外顺畅。

　　轿车像一条灵活的泥鳅，在道路上滑行，六七分钟后在一个静美的小山村里停下来。空气清新，溪水清澈。鸡鸣鸟叫，羊跳牛卧。家家户户门前的花圃，精神地开着各色小花，或茁壮地长着诸种蔬菜。

　　"退休后，如果能够在此终老，该多幸福！"李允感叹道。"我也渴望能有个这样的地方安享人生！无奈只能是梦想，于是忍不住一次次来此触摸梦境！"赵滔也感慨着。

　　李允是一名外科医生，见过了太多的生老病死，身心俱疲，四十有余开始写诗排解压力，没想到很快走红，成为知名诗人，多人劝他弃医从文，专心写作。然而，追逐梦想固然美好，放弃一份虽不喜欢却借以养家糊口的工作，哪有这么简单？赵滔也是诗人，在一家大型企业工作，日常工作非常繁忙，同样在火热的文学梦想与冰冷的现实生活中艰难摇摆。

"听开关车门的声音，就知道你们来了！"孙鸣敞开大门迎了出来，穿着干净的白衬衣，头发梳理得一丝不苟，白净的脸庞上架着一副精致的眼镜。

酒是在孙鸣的书房里喝的。本来，李允他们过来时已经备好了酒肴。孙鸣执意再添两个菜，就炒了一盘韭菜鸡蛋，拌了一盘蒜蓉黄瓜。

韭菜是从门前的小菜园里现割的，黄瓜是才从院子里的架上摘的，鸡蛋是自家母鸡刚下的。这两盘菜成了大家的最爱，不管谁，都频频往这两个盘里伸筷子。

孙鸣是地道的农民，初中毕业后在家务农，几十年来一直坚持写作追逐自己的文学梦想。拿起锄头种田，放下锄头写作，是他的生活常态。这样的日子少了羁绊和束缚，优哉游哉，是当代农民全新的生活方式。孙鸣事迹多次被各级媒体宣传报道，早已成了远近闻名的作家。

喝酒只是由头，三人聚在一起，更多的是谈论写作和生活。聊当下文坛发展趋势，谈目前作家前途命运。喝酒随便，聊天随意。都是信得过的朋友，表达的都是真实想法。

安心写作是幸福的！能够在浮躁的现实世界中静心构建自己的精神家园，是了不起的，也是受人尊敬的。这是他们对孙鸣的一致看法。

山村背靠一座小山，饭后，一行三人外出散步。初夏时节，山间溪水清凉，不时有近乎透明的小鱼穿梭于清澈见底的水中。微风习习，送来缕缕清香，空气里有松柏叶的醇厚，也有诸色山花的清香。身处这样的环境，不多一会儿，身上的酒意已消，午后的困意全无，剩下的身心的幸福与坦然。

"我们都是生活的奴隶，而你却是超凡脱俗的闲云野鹤，要好好珍惜这样的幸福生活！"赵滔说。

"我这样的闲云野鹤，如果喜欢，你们也可以做的。"孙鸣谦逊地微笑着说。

这是让人难忘的精神之旅，这样的生活让人心向往之。每次结束行程，李允都有这样的感觉，而这次感觉尤为强烈。

第二天上班，李允在门诊室接诊。午后刚上班，一位五十多岁的女病号被急匆匆地推了进来。病号满身尘土，皮肤黝黑粗糙。经查，血压高、骨质疏松、腰肌劳损、脊柱弯曲变形、胳膊两处骨折……她是在建筑工作筛沙时晕倒跌至骨折的。年龄大了，身体又不好，不该冒着酷暑从事如此繁重的体力劳动。李允一边给病号检查身体，一边劝病号爱惜身体。

李允刚安排好病号住院事宜，赵滔就打来电话问他是不是接诊了一名在建筑工地受伤的女子，得到肯定回答后，赵滔告诉他病号是孙鸣的老婆，让他多费点心，接着说了一些关于孙鸣老婆的情况。

"靠孙鸣那点稿费，怎么维持基本生活？这几十年，一直是嫂子忙里忙外拼命打工赚钱维持着家庭的正常运转。再苦再累，嫂子也无怨无悔，默默地支持着孙鸣安心创作。嫂子很不容易，很了不起。"最后，赵滔不无感慨地说。

李允心头一震，顿时觉得仿佛有一座雄伟的冰山朝自己压过来。愿嫂子快些康复！愿孙鸣早已成功。李允默默祈祷。

回家吃午饭

◀ 成功的钥匙

看着成绩单，李梓涵一阵阵发蒙。

怎么会这样？作为名牌大学的高才生，教学成绩竟然如此不靠谱。在这次全州统一组织的考试中，与平行班级相比，自己所教班级的成绩平均分竟然少了接近 10 分。

这半年来，自己读书、学习、备课、上课……可没少费力气。她觉得自己所教班级的成绩应该是比他们高的。至于高多少，她在内心中做过多次预测，有时甚至忍不住露出阳光般的微笑。真是希望越大，失望就越大，想不到竟是这样的结果。

她茫然失措，泪水就顺着红润的脸庞流了下来。猛然想起这是在办公室，抬头四看，多亏其他教师都已下班回家。只有窗外巍峨的雪山一如既往地静静陪着她。

也许当初自己的决定，真是一个错误。

半年前，李梓涵从国内一所知名大学的英语教育专业毕业。相对来说，这个专业找工作比较容易，多数同学选择了到条件好的沿海大城市工作，她却主动选择了援藏。

你想过没有，一个瘦弱的女孩，从内地跑到西藏，会有多少困难？恐怕连自己都照顾不好，更何谈工作好？父亲的话再次在耳边回响。

是呀！我知道边疆很困难，正因如此，我更要到边疆去。当初自己的回答多么坚决，现在看来，像一个笑话。

你会为自己的决定后悔的。等你后悔了，就回来。母亲的眼神深邃无比，那种深度是她凭自己的理解力难以全部破译的。

现在，父母的话似乎都一一应验。何去何从，她有些犹豫。然而退却不是她的性格。

其实，令她感到委屈的另一个原因是其他老师的授课水平她实在不敢恭维。大学期间自己多次在讲课比赛中获奖，实习期间，自己所教班级的成绩也遥遥领先。就连那次竞争激烈的国际大学生演讲比赛，自己都能够一举夺魁。可是为什么到了这里自己就不行了？她陷入了深深的迷茫之中。

此后很长一段时间，是她最忙碌、最紧张、最充实的日子。她一方面虚心向老教师求教，不断从各方面寻找原因；另一方面更加深入地研究教材，努力寻找适合学生的教学方法。除此之外，她还给自己定了一个目标，那就是走进每一名学生的内心。她以最短的时间与所有学生进行了两轮谈话。那些交流是较为困难的，但是她从一双双充满对知识渴求的眼睛里读出了他们的真诚，也获得了继续前进的动力。

渐渐地，她确信自己找到了症结的根源。

不过，克服困难并不容易。

但是，她不怕困难。

她确信自己一定能行，就像成长过程中自己一次次克服困难走到今天一样。

慢慢地，她的脸上重新浮出了自信而灿烂的笑容。

第三学年，在全州教师节表彰大会上，李梓涵受到州政府的表彰。会上，她代表受表彰教师发言。她简洁而深情地概括了援藏这两年多来的成长历程，并表示自己已经深深爱上了这里的山山水水、草草木木，她的发言震惊了在场的每一个人。

"每一份辛勤的耕耘都会绽放成迷人的花朵，每一份甜蜜的付出都会获得幸福的回报。女儿将永远是你们的骄傲。"

表彰会结束，李梓涵把表彰会的微信宣传稿发给了父母，并附上了这样几句话。同时，她还把表彰会上自己的发言录像发到了家庭群里。

"你都说了些啥呀！我们根本听不懂呀！"母亲问。

"听不懂，很正常呀！这段发言，即便在这地方，也没有多少人能全部听懂。"李梓涵回复完，接着发了一串调皮的表情。

"那为什么？"母亲莫名其妙地问。

"因为这段发言除了运用普通话，还运用了好几种当地方言呀！"李梓涵说。

"你支教也就罢了，何必学习当地方言？难道你真想扎根边疆呀！"母亲不解地问。

"那不好说！"李梓涵说完再次发了一串调皮的表情，随后又解释道：这个州地域广、方言多，不同方言之间几乎听不懂，外地人更难听懂。这两年，我不但已经能够听懂这地方的主要方言了，而且能够用三四种主要方言跟人交流。

你不是一直想知道我的教学质量提升的原因吗，那是因为我找到了解决问题的钥匙。我工作后的第一次期末考试，几乎把我击倒了，当时，我想用最短时间和班里学生进行深入交流，可是交流过程中，我愈发感觉到与学生隔着厚厚的障碍，那就是语言。我教的是英语，他们不懂；我说的是标准的普通话，他们听上去也非常吃力。我只有学会了他们的语言，才能与他们进行毫无障碍地进行交流，进而更好地开展教学。然而，太难了，虽然学习语言是我的强项，我依然耗费了很大的精力，不过，我终归成功了。语言打通了，我与大家的距离更近了。对学生而言，我不再是虽然从大城市飞来但依然离他们很遥远的白天鹅，而是可以与他们促膝谈心的邻家姐姐。

母亲发来一串点赞的表情，接着是一个大大的拥抱。

虽然隔着屏幕与千山万水，李梓涵还是感到了那个拥抱的温暖。一开始，她只是感到眼里潮潮的，接着鼻子一酸，两股晶莹的泪水就蓄满了眼睛。

◀ 猜灯谜

卢佑志是一家大型商场的经理，虽然是一名外国商人，他非常痴迷中国传统文化。工作空闲，他经常拿一本宋词，一边摇头晃脑地诵读，一边慢慢体会词的意境。读着读着，他会不知不觉沉入其中。

这天，他正摇头晃脑地读欧阳修的《元夕》："去年元夜时，花市灯如昼。月上柳梢头，人约黄昏后。今年元夜时，月与灯依旧。不见去年人，泪湿青衫袖。"忽然想起中国元宵节已经临近了，就决定搞些活动，营造一下元宵的氛围。除了去年搞过的花会和灯会，今年他还想搞个猜灯谜活动，害怕大家参与积极性不高，他决定猜中一个灯谜奖励一包QQ糖。同时，设猜谜大奖一个，奖品是一张500元的商场购物卡。

为把这项活动办精彩，他费了三天时间亲自从各处精选了1000条灯谜。这些灯谜，难易皆有，内容涉及社会生活的方方面面。因为他对猜灯谜非常感兴趣，甚至还亲自编写了十几条灯谜。

猜灯谜得大奖的海报贴出后，群众早就蠢蠢欲动了。那天，谜语还没挂出来，等待猜谜的人已经把商场挤得密不透风了。卢经理想不到大家对猜灯谜如此感兴趣，不禁感到由衷地喜悦。

灯谜一挂出来，现场气氛就达到了高潮，人们你争我抢、争先恐后地挤着。卢经理感到猜谜现场太挤了，就来到了兑奖的服务台，想不到服务台前更挤，人们争相把写着灯谜答案的购物小票向服务员手里塞，几个服务员更是忙得团团转。

出现这样火爆的场面，卢经理虽然感到有些意外，但还是在他的预料之中的。真正让卢经理感到意外的是大家猜谜速度太快了，不到两小时，一千个谜语竟然就被猜出七八百来。

随着剩余谜语越来越少，猜谜的人也越来越少了。这时，卢经理发现猜谜的多数是年轻人，并且很多人都拿着手机，这是在干什么呢？卢经理感到不解，就快速看了一眼身边那位拿手机的美女，原来她正在把一条谜语的谜面往手机里输。

"打算把谜语发给谁呀！"卢经理问道。

"嘻！嘻！谁也不发！"那位女孩说。

"那你是干什么？"卢经理问。

"上网搜一下呀！"女孩脸一红，说。

卢经理心头一震，难道这些谜语的谜底大家不是猜出来的，而是从网上搜的。

卢经理找了几条已经猜出来的谜语，输入手机，一搜，果然就出来了。他选了几个大家还没猜出来的，搜一下，还真没有。而他自己设计的那些灯谜，竟然没有一个被猜出来。一丝凉意从卢经理心底慢慢升起。

到了下午，剩下的谜语只有100多条了，现场人气更低了，多数人看一会，摇摇头就走了。也有人看一会，拿出手机摆弄一番，同样摇摇头走了。

卢经理正在逛游，忽然发现一个十二三岁的小姑娘跑到服务台前兑奖。原来小姑娘拿了两张购物小票，每张小票上都写了一个谜底，并且还都猜对了，让卢经理惊喜的是这两个谜语都是他自己设计的。

"小姑娘，这两个谜语那么多大人都没猜出来，你是怎么猜出来的？"卢经理急忙问道。

"这两个谜语，一个是卷帘格的，一个是素心格的，很好猜呀！"小姑娘粉面含春地对卢经理说。

"想不到你小小年纪对灯谜还了解不少呀！"卢经理拍着小姑娘的肩膀说。

"我喜欢灯谜，我爷爷也喜欢，灯谜常识是爷爷教我的！"小姑娘说完，就蹦蹦跳跳地拿着两包QQ糖朝远处跑去。

"回来！回来！"卢经理急忙吆喝。因为他已经决定，把猜谜大奖发给这位小姑娘。

◀ 无　悔
·················

这是一颗诡异的地雷。现实中，他排雷数千，视频上，他见到的各种情况不计其数。可是，从未遇到这样特殊的。

地雷位置特殊。处于一个半人多深的凹坑里，周围都是陡峭石壁，倘若进行枪战，这是绝好的藏身之处，可是从这里排掉一颗或数颗地雷，就格外困难了。此处排雷，若发生意外，排雷人几乎无处躲藏。

地雷形状怪异，像地雷，又像加重的手榴弹，也像未爆炸充分的弹片。为什么暴露在地面上，是后来形成的？还是本来就是这样设置的？

接近地雷，就要先下到凹坑里去，这样就可能在进入凹坑时触发机关导致雷爆。

汇报分队长，漫长的等待，分队长发来指令：设法查明有无诡计设置。

怎样才能查明？这可把郑年华愁坏了。

作为一名拥有丰富排雷经验的老兵，他已经担任排雷小组组长一年有余。这种情况，让两名队员上前具体操作，自己遥控指挥，对自己来说，是最稳妥，也是最安全的。

当这个想法从他的脑海中蹦出来时，他几乎想狠狠地抽自己两个耳光，自己怎么会有这么卑鄙的想法！

那该怎么办？

他挖空心思，抓耳挠腮，大脑迅速运转，想得脑门发胀，终于想出解决办法：在坑口搭几根木棒，借助木棒支撑，轻轻下到坑里，慢慢查看情况。

他很为自己的创造性做法感到高兴。

有了木棒的助力，他着地力度很小，简直是悄无声息。

他轻轻下到坑里，一点一点蹲下身子，小心翼翼地清理弹体周围的浮土……他的手开始疯狂地颤抖，额头的汗也一滴滴滚落下来。紧张什么？这么没出息！他使劲拧了一下自己的大腿，紧张的情绪才稍有缓解。

就在他又一次轻轻清理浮土时，突然，"轰"的一声巨响，弹体爆炸了……伴随着山崩地裂般的爆炸声，他急忙躲闪，可是根本无处可躲，周围的岩石炸裂并飞了起来，自己的身体也像被炸散的碎石般爆裂开去……

"啊"的一声，郑年华从噩梦中惊醒，一摸额头，竟然全是汗。

自从开始担任排雷兵，做噩梦是常有的事，但是这次格外特别。梦境之事历历在目，梦醒之后，身体仿佛还带有被炸碎的疼痛。

现在是凌晨两点，他想快速入睡，白天还有繁重的排雷任务，只有休息好才能集中精力工作，可是再也无法入睡。

"组长，发现一个特殊弹体！"在右前方排查的小魏喊道。

郑年华急忙过去查看。顿时，他呆住了。

眼前情况与梦中的大同小异。弹体处于一个凹坑里，凹坑虽然比梦中的浅，但露出地面的形状与大小，几乎与梦中的完全一样……

向分队长报告情况，得到指令：设法查明有无诡计设置。

郑年华呆呆地站着，不知如何抉择？

"组长，让我过去查明情况吧！"也许看到了组长的犹豫，小魏主动请缨道。

"不行！"郑年华毫不犹豫地说。

"组长，这个弹体是我发现的，就让我来处理吧！"小魏再次请求。

"不行！"郑年华再次毫不犹豫地拒绝。

"组长，您总得给我一次锻炼和成长的机会吧！我跟你干这么久了，每次遇到危险情况您都是冲在最前面。这样，我哪里还有锻炼和成长的机会。这次，无论如何我要亲自实践下！"小魏一边说一边开始行动。

"不行！危险！你退后，让我来！"郑年华不容置疑地把小魏拉到了一边。

他轻轻地接近地雷，一点一点，当他终于到达地雷边时，他再次犹豫了，他心跳加速，额头的汗迅速滚落，梦境中的内容再次浮现在脑海中……

我这是怎么了？竟然被一个梦给吓住了。郑年华轻轻地摇了摇头，平静了一下情绪，小心翼翼地，开始清理弹体周围的浮土。

一下，一下，一下……突然，"轰"的一声巨响，弹体爆炸了……就在弹体爆炸的瞬间，郑年华飞身跃起，向旁边的小魏身上扑去……

这次爆炸把郑年华的防护服彻底炸碎了，爆炸过后，他几乎成了一个血人。

这次意外差点葬送了郑年华年仅 22 岁的生命。多家医院，几经辗转，经过三个多月的治疗与康复，他虽然脱离了生命危险，但永远失去了双手和双眼。令他感到欣慰的是，由于自己那至关重要的一挡，小魏仅仅受了一点皮外伤。

此后，郑年华身残志坚，克服各种常人难以克服的困难学会独立生活，不断发展自己，努力奉献社会。多年以后，他实现了当兵前没有完成的夙愿，完成了大学学业，并且成为著名的励志演讲家和某知名电台的播音员。他的事迹也传遍祖国大地，激励着无数人为国家和社会奉献着青春与热血。

"如果您早就知道那次排爆会导致这样的结果，您是否依然会那样选择？"一次，在接受采访时，主持人这样问他。

"那是多么短暂的一瞬呀！哪里来得及思考、选择！"说这话时，他的脸上带着坚定的微笑。

回家吃午饭

159

◀ 校园春意

为云琪申请国家助学金的事，把我愁坏了。

云琪是我们学校的高一新生。我们是在对她进行家访后才知道她的家境的。此前，学校对她的家庭状况毫不了解。

云琪母亲赵湄二十岁那年遇上了一次车祸。毁了如花容颜不说，连基本劳动能力也丧失了。原来处的对象跟她分了手，后来，嫁了个腿脚不灵便的青年。赵湄不但不能赚钱，而且得经常花钱治病。丈夫打工赚钱又很少，甚至不够赵湄的医药费。等云琪出生，家庭经济就更加紧张了。

论说她应该申请国家助学金，可她的自尊心非常强，从不肯向老师和同学们透露半点自己家庭的信息。据她姑姑介绍，上初中时，自己曾悄悄为她提出过申请，学校也批了，但她拒绝领取。

当然也可以理解，要不是迫不得已，谁愿意把自己的苦难展示给人家呢？

回到学校后，我们把情况汇报给了有关领导，领导说："她的情况可以考虑，前提是本人提出申请，如果本人不申请，按照目前的政策，她是无法获得国家助学金的！"

"能不能搞个特事特办？"我问。

"国家助学金的评定程序很严格，即便我们给悄悄报上，最后也必须进行公示，既然学生的自尊心那么强，万一刺激到她，惹出麻烦来，那就不好了！"领导摇摇头说。

能够做通学生的思想，让她自己报名就好了。问题的关键是，不管谁去做她的工作，不都等于告诉她学校已经知道她的家庭情况了吗？所以单独跟她谈是不合适的。

我与云琪的班主任商议，班主任也很为难，他认为只能在班级内部统一讲一下。后来，班主任告诉我，不管他在班内怎样做工作，她都没有半点打算报名的迹象。

难道只能这样算了？如果这样，我觉得对不起孩子的姑姑，更为国家助学金不能发到最需要的孩子的手中而感到遗憾。

去家访那天，云琪父亲在外打工，赵湄根本没法跟我们正常交流，是她的姑姑跟我们介绍的情况。"你们一定给想想办法呀！"等我们离开时，她姑姑无限期待地看着我们说。如今过去许多时日了，她那充满期待的眼神依旧在我的眼前闪烁。

不行！不能就这样算了。我把云琪的情况反映到了学校政教处、教导处……甚至反映到校长那里。大家都非常着急，但都找不到两全其美的办法。

事情终归还是没有办成。

"非常抱歉，我确实尽力了……"后来，我打电话告诉云琪的姑姑。

"没关系呀！给她申请只是我自己的想法。前几天，我听到一个类似的事，那也是个家庭特殊而自尊心很强的高中生，教师知道了她的家境后，在班里说出了学生的家境，表扬学生自强不息，还给她申请了国家助学金。本来那个学生很活泼，成绩也挺好，后来，她变得寡言少语了，成绩也迅速下滑，最后甚至退学了……我虽然为孩子争取，但心里很忐忑，申请不成，也是好事。"孩子的姑姑说。

我知道，她这样说，有安慰我的成分。我的心里五味杂陈。

一个学期后的一天，学校召开学生家长会，我碰巧遇见了云琪的姑姑。

"孩子的事你们办得真好！"她满面笑容地对我说。

"哪里呀！我们本来就觉得很惭愧，你这样说，我更加惭愧了！"

"我们从心底感谢你们！"

"这有什么好感谢的？"她越说，我越糊涂。

"自从你们去家访后，我哥哥家就不断收到匿名捐款，一开始我还没反应过来，后来想除了你们学校的老师还能是哪个单位的，以前可从没有这样的事……"

我惊诧之余，感到一股暖意涌向心头。阳春三月，大地回暖，小草泛绿，校园里弥漫着醉人的春意……

◀ 东风浩荡
·························

天气越来越凉了。清晨，嫩绿的麦苗上、枯黄的草梢上、灰白色的土坷垃上都凝着一层雪白的霜花。站在村口，放眼望去，一派开阔苍茫。

老厉照例起得很早，他在门口咳嗽一阵，走过一条新修的水泥路，迈上田间土路，一边走一边默默地评论着地里的麦子，这家的麦垄太宽，这家的麦苗太厚，这家的长势很好……

当他走到自己地头，站定了，无奈地摇摇头。

这块地收过玉米就没再耕种。玉米秸是他刨的，现在还整整齐齐地摆在地里。

今年尚未收玉米，邻居老张就要承包这块地。老厉最初不同意。他喜欢地，种了一辈子地。他觉得种地是幸福的。春耕夏耘秋收冬藏，顺着耕作的规律忙碌，他觉得踏实而幸福。

老厉一开始拒绝得很干脆，老张一边提高租价一边软磨硬泡。老厉拗不过他，最终把土地承包了出去。

包地的时候那么卖力，地到手了，反而不种了，他葫芦里到底卖的是什么药？老厉捉摸不透。

不管他准备干什么，把地这么撂着我可不答应。老厉决定找老张说道说道。

那块地，你打算种什么？老厉在街头碰见老张时问道。

现在地归我管，种什么我说了算，大叔就无需操心了。老张笑着说。

你不能把地撂了荒呀！

我留作春地，明年种，不行？

转眼间，冬去春来，东风浩荡。开阔的平原上，张扬着一派生机，麦苗毫无顾忌地疯长着，油菜灿烂出一片动人的金黄。老厉那片地同样充满了生机，不过碧绿的是肆无忌惮的野草，金黄的是茁壮生长的麦蒿的花。

春播作物需要耕种了，你怎么还不行动？你看地里那些草，也不处理一下。这日，老厉去老张家询问。

不急，我有数。老张淡淡地说。

我看这一季你也没打算种，你到底打算干什么？

我想到秋天再种，那地多少年都没歇一下，我想让它歇一歇，俗话说，歇田当一熟。这道理，大叔懂吧？

我不懂，你懂！我在队里耕地施牛的时候，你还在你母亲怀里吃奶呢！我那块地季季耕种不假，地里的养分一点都不少，要说我庄稼长得不够好，那是因为我完全施圈肥，我产的粮那是绿色食品，绿色食品你不会不知道吧！你要是不识货，就抓紧给我退回来！

老厉说完，把茶碗往桌子上一放，站起来就走。

老厉今年已经81岁了，脾气有些犟，老张正在考虑该怎么处理，他已经拿着钱回来了。

老厉非要把土地要回来。老张不答应。老厉把钱甩在桌子上，起身就走。

老张一边吃饭一边思考对策，等吃饱了饭就去老张一边吃饭一边思考对策，等吃饱了饭就去找老厉。来到老厉家门前，才发现门从外面关着。老张转身抬眼一看，老厉挥舞着锄头，正在刨地，他的老伴在旁边收拾杂草。

老张呆呆地站了一会儿，揉揉腰，转身回家。

干了一天活，出了一身汗，真是舒服！今晚你婶子炒了几个菜，去陪我喝几杯吧！那天傍晚，老厉一脸笑容地邀请老张喝酒。

今天这事是我不对。你要是真有正经用处，那块地我还包给你，你要是老这样把地闲着，再贵我也不包。几杯酒下肚，老厉认真地说。

要是我身体好点，舍得把那地撂了荒？我腰本来就不好，去年血压又升高了，一干活，头就晕得厉害，你知道，我自己和两个儿子家的地，总共十多亩呢，今年我也68了，哪有力气再种你的地。老张叹了口气说。

地可是你主动承包的呀！

那是你家的儿我大弟海涛的主意，多少年了，他劝你别种地了，你就是不听他的，他才想了这个办法。那包地钱是他给我的。

这可是我大弟的一片孝心呀！种一年地，能收入多少？我大弟能缺那几毛钱。你和我婶子都 80 多了，也该享享清福了！

我就晓得这事蹊跷，没想到是海涛这家伙捣的鬼。我身体棒着呢，种这么点地不在话下。再说，你想想，咱村种地的，除了妇女，不都是老人？老人都不种地了，那得有多少土地撂荒？老厉慢悠悠地说。

那晚，他们喝得不多，但是坐得很久。

在老厉的一再坚持下，他们达成了一致意见，地还是由老厉种，但是对海涛保密。对海涛保密不难，老厉只有海涛一个孩子，还在离家数千里的海岛戍守边疆，有时，几年都回不了一次家。

不过老厉的地最终还是没有种成，在他和老伴还没考虑好到底种什么，村里就已经开始对土地进行流转。一条新修的公路从村前经过，村里的土地价值陡增，经过几轮谈判，有一个准备搞大棚蔬菜的企业把他们村的土地全部高价承包了下来。"想不到咱农民还能赶上这样的好时代，地不用亲自种了，收入竟然比原来还多！"老厉站在村头沐浴着浩荡的春风逢人就不停地说。

◀ 笑　容

最后一次实验在即，不出意外将大功告成。

从先前测试来看，系统运转正常，成功概率很高。虽说不少人依旧忙碌，多数人却有了空闲。

你不该这么忙碌呀！你到底一直在忙什么？孙鸣走到正埋头工作的周征面前，扫了一眼他面前那张纸上密密麻麻的工整算式问。

我在重新核算主要数据，并进行推演。周征揉了揉眼睛、抬起头来微笑着说。周征乐观开朗，不管多忙碌多艰难，脸上总带着自信的光芒和温暖的笑意。

意义何在。孙鸣不解地问。

这样，我就更清楚我负责地方的最薄弱环节了，出问题，我能更快锁定问题点并提供解决方案。周征笑了笑说。

可是最近你负责的地方从没出问题呀！孙鸣说。

越没问题越要严谨细致。周征的笑容里带着坚定和执着。

孙鸣很佩服地点了点头，片刻之后又问道，成功后，你有何打算？

　　周征再次抬起头，环顾一圈，满面春风的背后透出沉重的疲惫与淡淡的茫然，片刻之后，笑着摇了摇头说，这些年，我一直扑在研究上，成功后干什么，还真没想过。

　　你呢？周征慢慢站起来，一边捶打腰部一边询问孙鸣。

　　如果可能，我会搞点自己喜欢的研究。这些年，我研究的课题，都是组织安排的。我是登山爱好者，开始新的研究前，我会爬一爬咱周围这几座山，这些年我们生活在它们的包围中，却从未真正亲近过它们，等成功了，我一定好好与这些老朋友深入交流下。

　　这个主意好！如果你不介意，我可以跟你一起行动。别人呢？你这么喜欢八卦，一定了解了不少别人的想法吧！周征真正开起玩笑来，一直挂在脸上的笑容反而不见了。

　　王骏特别想为单位组织一台庆功晚会，进入我们团队前，原来单位重要庆典活动都是他组织的。他说这个项目成功了，应该组织一台像样的晚会，如果由他来策划并组织，他将异常高兴。是呀！组织一台晚会很有意义也很有必要，若真组织，没准我还可以贡献个节目。说到这里，周征不禁想起多年前被自己带到这里却一直又被他冷落了的笛子，那曾经是他青年时期最离不开的朋友。

　　盛利想请个假，回家看看父母，他已经近十年没见到父母了，他的父母住在遥远的松花江边，都已八十有余。孙鸣说这话时，周征的眼睛湿润起来，他也已经有十年多没有见到自己的父母了，并且再也见不到他们了，他的父母分别在三年和七年前去世了，父母去世时，研究时间紧任务重，同时为了保密，他都没能见他们最后一面。想到这里，周征眼睛更红了，眼泪也无法控制地流了出来。对不起！我不该说这件事情，勾起了你的伤心事，孙鸣急忙道歉。不怨你，是我没控制好情绪。周征急忙转悲为笑。

你知道陈鸣的想法吗？也许不说你也能猜到，他最想去大医院治疗失眠。这几年他一直睡眠不好，经常彻夜难眠。长期的失眠，给他的健康带来很多负面影响。见周征微笑着轻叹了口气，孙鸣不再说话，转眼定定地瞅着周征，他知道自己的话又触动了周征的某根神经。是呀！这些年大家都在埋头搞研究，又有多少人认真关注自己的健康呢！

机器开动，持续运转。大家的神经都紧绷着。按照这次实验要求，正常运转六个小时就算成功，转眼已经运转八个小时，一切参数都很正常。

随着组长一声"成功了"的欢呼，观察室内顿时沸腾起来。新疆籍的两位科学家几乎同时从座位上跳起来，手拉手欢快地跳起了民族舞；一向内敛的姜来从座位上一下蹦起来，一边奔跑一边挥舞着拳头，不停地呼喊"我们成功了，我们成功了……""军师休道我年纪大，有几辈老将听根芽：赵国廉颇通兵法，汉室马援定邦家。虎头金枪要一要——"喜欢京剧的王骏拉开架势引吭高歌起来……控制室内，大家欢声笑语，用丰富多彩的形式庆祝着这期盼已久的胜利。

不知过了多久，大家忽然发现周征和赵亮竟然已经趴在桌子上睡着了。当发现他们已经睡熟后，大家陆续安静了下来。不久，控制室内，静得只剩他们的呼吸声。

赵亮是整个项目的负责人，为了搞好这次实验，已经五十多个小时没合眼。周征这些天几乎一刻不停地推演着。他诸病缠身，早该去医院治疗，为了不耽误工作，拒绝领导安排和别人的建议，坚持工作。

把他们叫醒让他们到宿舍休息，还是让他们这样睡着，大家有些为难。悄悄商议后，大家决定让他们先休息一会。几件衣服轻轻披到了他们身上。

三个多小时后，人们轻轻把赵亮弄醒。想再去叫周征时，人们愣住了，他身体僵硬，已经长眠。大家热泪横流，最让人感慨的是他脸上依旧绽放着的灿烂笑容。

◀ 异 响

有异响！老赵表情凝重地说。

没有呀！各种声音都是正常的。小孙一脸疑惑地说。

有异响，就在刚才。老赵说这话时，右边脸庞有些抽搐。

我确实没有听到。小孙皱了皱眉头说。

你们听到了吗？老赵转脸看向别人问道。

我没有听到。大家一边摇头，一边异口同声地回答道。

潜艇内螺旋桨、循环泵和齿轮箱等诸多设备同时运行，声响混杂。随着航行速度、下潜深度以及水况的不同，声响随时会发生各种变化，要想从各种混合在一起的声响中，发现异响并判定来源，不但要有过人的听力，还需要有丰富的经验。

有，一定有异响，大家从现在起集中注意力，好好听，听到异常，立即说。说这话时，老赵脸上的表情更加凝重了。

根据您的经验判断，异响可能是哪里发出的？小孙小声问道。

我也判断不出来，太奇怪了，这些年来，我从未听到过如此

回家吃午饭

怪异的声响。老赵按着肚子说。

有没有可能是您老听错了，我们确实没有听出任何异常。小孙说。

不可能，我不会听错。老赵缓慢而坚定地摆了摆手，示意大家全力倾听。大家都静了下来。

又是一声！老赵说，这次，你们应该听到了吧！

没有！我没听到。小孙说这话时，大家也跟着摇头。

老赵揉了揉肚子，轻轻地摇了摇头。

潜艇内的气氛越发紧张起来。

这是潜艇第十六次下潜试航，潜入浩瀚的深海，大海的粗暴乖张和变化无常变得格外难以应对。在外部极端环境的考验下，内部复杂的系统随时会发生难以预料的意外情况，这种意外，有时是缓慢渐进的，有时是爆发式的，在内外环境的双重影响下，危险会瞬间放大成千上万倍，整艘潜艇随时都会发生难以预料的风险。因为处于大洋深处，即便发生不大的意外，救援的难度也往往极大。

立即结束潜航，还是继续潜航让问题更充分地暴露出来？大家等着老赵与小孙决策。

声响太怪异，应该结束潜航。老赵低头沉思了一会说。

我觉得即便有问题，也不会多么严重，最好不要结束潜航，毕竟组织这次潜航实验太不容易了，这次潜航的成功对我们来说意义太重大了。小孙说。

两人意见针锋相对，谁也没有改变自己的意思，潜艇内的气氛更加紧张起来。

在研究团队中，老赵是以听力过人著称的。在核潜艇陆上反应堆试运行期间，大家因为对某种不正常声响意见不一，分歧严重。上级深入分析后初步认同了老赵的观点，并让他负责寻找根源并解决问题。在老赵的带领下，大家最终找到了问题的症结所在，避免了一次难以预测的意外。事实证明结果和此前老赵坚持的观点是基本一致的。

几个月前的一次潜航实验中，当时风大浪急，海水汹涌澎湃，设备运转声音复杂，在各种正常声音之外，他听到了一种时断时续的微弱声响，当时大家都没有听到，他们都以为老赵听错了，直至继续下潜数百米，才有人听到那个声响，当时声音已经放大到了数倍。大家快速判断声音来源，全力排除险情，避免了一次可怕的重大事故。在潜艇研发过程中，正是因为类似的情况太多了，才奠定了老赵在研究团队中不可撼动的地位。

这次潜航的总负责人是小孙，老赵负责技术支持，两人意见不同，大家一时不知如何是好。

老赵一言不发。大家都静默着。潜艇继续下潜。

小孙密切地注意着艇上的一切。当然，也注意到了老赵的变化。艇内温度正常，但是一串串汗珠还是从老赵瘦削的额头不断滚下。

我听到了，奇怪的异响！小孙突然表情异常地说。

继续潜航，结果难测。小赵果断决策，立即结束潜航。潜艇缓缓上浮，老赵松了一口气，一屁股坐了下来。结果潜艇尚未浮出水面，老赵就晕倒了。

浮出水面后，大家急匆匆把老赵送去医务室。医生进行初步检查后，决定将他立即转送到大医院。由于长期超负荷工作，老赵身体透支严重，胃病、腰疼、头疼等多种疾病已经折磨他许久，他不舍得耽误研究时间才一忍再忍，这是研究团队内尽人皆知的事情。

此后，大家对潜艇进行了全面检查，没有发现任何异常。

那是一种怎样的异响呀！我怎么就一点也没有听到？事后，有人问小孙。

没有！其实，我根本没有听到异响。小孙摇了摇头说。

那你为什么突然改变了主意？

"是我断定老赵身体出现了问题，实在坚持不住了，才故意这样说的。"小孙笑了笑说，"异响也许压根就是不存在的，也许只有老赵的神耳才能辨析出来。这个谜，也许只有等老赵康复后才能解开了。"

回家吃午饭

◀ 中华万福

接到同学的电话时，我正在被几件琐事困扰着，心情特差。

同学说，咱高中同学李亮的家乡有片山林，景色不错。有人打算开发，想先发掘一下当地的文化资源，叫我执笔，我觉得难以胜任，就想到了你……

对这类活动，我是不太愿意参加的。总觉得搞这类事，肯定离不开钱，而一涉及钱，往往因为利益之争弄得矛盾重重。但碍于同学的情面，不便拒绝。

第二天，我们驱车去了那个山村，拉上村里的向导后继续前进。直至无法开车，才下车步行。顺着山间小道慢慢转进山里，爬上一个小山头，放眼四望，但见苍松漫山，梯田层叠。几个山头连在一起，恬静和谐。山坳里，点缀着几个不大的人工塘坝，水平如镜，波光潋滟，无数小鸟在山水之间悠悠飞翔。

真的挺美！

"我们要去的莲花台，比这儿美多了，得翻过这个山头才能看到！"五十多岁的向导指着一个山头说。

大家继续朝前进发。爬上那个山头，莲花台就近在眼前了。

果然更美。周围的山石都是苍褐色的，唯独这个山头是暗红色的，山上植被很少，棱角分明的山石多是裸露着，从远处看，像极了一簇绽放的美丽莲花。

大家纷纷惊叹大自然的造化之美。

"听说莲花台还有个美丽的传说？"我问向导。

"这莲花台上以前住着神仙，后来山上失火，神仙就搬走了。现在台顶还有石炕、石桌、石盘等仙人生活遗迹……"向导说。

"是哪路神仙？怎样失的火？神仙在这里发生过什么故事？"同来的魏教授急忙问道。

"那就不知道了！问过村里的几位老人，都说不知道。有几位可能知道的，年龄太大，交流起来很困难……"向导叹口气，憨厚地笑着。

"看吧！这就是我们肩负的历史使命。这些故事，现在搜集整理，一定还能找到。我们不搜集整理，以后恐怕就真的没人知道了。"魏教授说。

关于上不上莲花台，大家的意见很不一致。在城里生活惯了，体力是个问题。最后，大家决定各随其便，愿攀登的，继续，不愿的，就地休息。我们克服困难爬到山顶，虽没找到仙人的生活遗迹，却看到了在山下无法看到的美丽景色。

午饭是在向导家吃的，饭桌上，大家的话题自然围绕开发莲花台展开。

魏教授是这次活动的主角。魏教授很健谈，颇有胸怀天下的气度。一桌子十几个人，都在听他发表高见。

"作为普通老百姓，我们做不了中流砥柱，但绝不能随波逐流，我们必须利用短短的一生多做些有意义的事……"

"我们要搞的开发一定是保护性的，绝不能把环境破坏了……"

"我走到哪里都要传播'万福'文化，'万福'文化是中华文明的一个缩影……"

"今天有收获吗？对魏教授印象如何？"回程路上，同学问我。

"感觉不太靠谱，不过魏教授挺能忽悠！他是哪里的教授？"我笑着说。

"不是忽悠，他确实是德艺双馨的大家！其实魏教授是咱县的一个地道农民，因为在艺术上取得了非凡成就，被清华大学和北京电影学院等高等学府聘为客座教授。"同学说，"魏教授书法、绘画、篆刻都极有建树。他的字画每平尺价值数千元却从不出售。他最惊人的创举是用17年时间克服重重困难制作了总重60吨的'中华万福'巨印，这个巨印创造了吉尼斯世界纪录和多项中国之最，为此他欠债数十万元，有公司为了让他把巨印放在自己的景区许诺每年给他数百万元，也有单位开出500万元的价格购买，他却毫不犹豫地无偿献给了国家，现在这个巨印屹立在清华大学……"

听完同学的叙述，我差点被惊倒。我突然觉得他们策划中的开发再困难也能成功。也是从这一刻开始，我感到周身热血沸腾，多日来心中的烦恼一扫而光。对这件事，我会竭尽微薄之力的……

◂ 回家吃午饭

　　凌辰来到那家咖啡厅时，刚过早上九点钟。咖啡厅里静悄悄的，只有轻柔的音乐在轻轻流淌。

　　先生，您请坐，这里有各式咖啡，只要您点咖啡，我们赠送甜点。看见有人来，坐在电脑前的服务员急忙起身迎上来，来了一个很标准的鞠躬后，呈上一张价目表。价目表制作精美，他扫了一眼，随意点了一杯。这家咖啡厅处在一家酒店的最顶层，他坐的位置靠近窗户，既可享受冬日的温暖阳光，又可俯视楼下马路上川流不息的人流和车辆，真的挺好。他一边慢慢地品着咖啡，一边欣赏着音乐，浮躁的心渐渐沉静下来。

　　先生，有什么需要，请尽管吩咐。服务员送来一份爆米花后说。这里环境挺好，布置得简约而时尚，我非常喜欢。你如果不忙，陪我聊一会儿好吗？凌辰说。当然可以，服务员微笑着说。那天，他跟服务员聊了很多，对她的感觉也越来越好。

　　几天后，他再次来到了那家咖啡厅。这次他们的谈话很快切入正题，凌辰表示只要对方愿意，自己打算雇佣她。能说说原因吗？服务员微笑着说。

你的服务态度，你对公司的负责精神，你所表现出来的一切，都非常好……

"我真有这么好，就好了！"服务员笑着说。

两位老板，聊什么呢？聊得这么开心！

听到有人说话，凌辰扭头去看时，才发现是自己约好的老朋友赵毅来了。

听赵毅这样一说，凌辰有些吃惊，他不知道两位老板的说法从何而来。通过赵毅介绍，他才知道原来这位服务员其实是这家宾馆的老板。

"为什么不雇几个员工？"凌辰吃惊地问。

其实本来这层楼是准备对外出租的，可是一直没有租出去，我们宾馆就开发利用了，我们利用这个地方对顾客供应早餐，其他时间供顾客可以上来喝喝咖啡，当然也可以随便坐坐。现在宾馆竞争激烈，很多宾馆纷纷降价，我们坚持没有降，但是我们的服务质量上去了，从很大程度上来说，这个咖啡厅的服务，可以看作是给顾客的福利。反正我在这层楼办公，来顾客我当服务员，不来顾客，我就在工作，除了早餐时间临时加几个服务员帮忙，其他时间我都能忙得过来。

"那该至少雇一个员工的，你这样多累呀！"凌辰说。

可是现在的市场竞争实在是太激烈了，五层楼的宾馆，一百多个房间，几十名员工，每天一开门就是近万元的支出，压力太大了。要是另外雇个员工，那得多大的成本呀，哪里像凌老板呀，即便添几十个员工也是小菜一碟……

凌辰的脸顿时就红了。

其实虽然他是在县里颇有影响力的企业家，企业的规模也确实比这家宾馆大无数倍，但是这段时间企业发展非常困难，原料价格提升，库存积压严重，员工动力不足，资金周转困难……各种问题严重困扰着企业的发展，弄得他一筹莫展。虽然他整天对员工发火，但是几乎不起什么作用。

现在他猛然觉得其实很多问题出在自己身上，如果从现在开始，从自身做起，放下架子，下大力气开源节流，切实理顺公司内部管理机制，公司的现状一定能够有所改变。

从那家咖啡店走出来时，已经接近 12 点，秘书按惯例打电话问他怎么安排午餐，他告诉秘书不用安排了，因为他决定回家吃饭。

回家吃午饭

◀ 守护善良

近来，张校长比较窝火，因为自己工厂的院墙刚刷好没几天就被涂上了好几处广告。这些广告色彩斑驳，东一块，西一块，严重破坏了整个院墙的和谐。没有办法，他只得叫人把广告涂掉。可是没几天又被涂了好几处，他只得重新涂了一遍，并在院墙附近立了一块"严禁涂写广告违者罚款"的牌子。

照旧有人来涂。没几天，墙壁又被涂得惨不忍睹。张校长也曾试图抓住涂广告的人，可是派人守了几天，一无所获。

张校长想，抓不到涂广告的，找做广告的单位总容易吧！于是就拨通了一家单位的电话。

那家单位说在哪里做广告与他们无关，他们只管给广告公司广告费。张校长问广告公司的情况，他们说这是秘密，不会告诉任何人，说完就把电话挂了。张校长又气又恼，当他拨通另一家单位的电话时，他们的回答如出一辙。张校长无可奈何地叹了一口气。

这天，张校长忽然接到一个电话，说他们是一家专做公益事业的群众机构，致力于城市的净化与美化，为减轻各种墙体广告造成的视觉污染，他们免费对单位外墙进行粉刷。

张校长半信半疑，但还是非常客气地答应了。他想好了，万一他们有什么物质方面的要求，自己会毫不犹豫地拒绝。

第二天，那家单位就来人了，一个瘦瘦的负责人拿出一份合同，请张校长签字。张校长仔细看了看合同，没有任何玄机，就毫不犹豫地签上了字。

他们的机器较先进，粉刷的速度也很快。当他们弄完后，那位负责人再次来到张校长办公室，先是敬烟，接着非常客气地询问对他们的工作有什么建议，张校长似笑非笑地说还算可以，张校长想，接着就要谈钱的事了，可是那人只留下一张名片，还说以后需要粉刷墙壁可随时联系他们。

半个多月后，工厂的墙壁再次被涂得乱七八糟，张校长抱着试试看的态度打通了那家单位的电话，他们说最近很忙，半个月后才能过去。张校长想，半个月就半个月，反正比自己掏腰包强。半个月后，他们果然来了。

半年下来，他们已经为张校长粉刷过五六次墙壁了。眼看就要过春节了，张校长决定再叫他们粉刷一次，并好好感谢一下他们。

当那个瘦瘦的负责人找他签字时，张校长表达了自己的想法并询问他们单位的地址，那位负责人非常激动地说："我们公司是几个志同道合的朋友合办的，目前还没有固定办公地点。再说，我们从事的是纯粹的公益事业，不接受任何单位的酬谢！你能有这样的想法，我们就心满意足了。许多单位认为我们有不可告人的目的，为此，有几个合伙人甚至打算退出呢！"

等那人走了，张校长非常感慨，是呀！现在这样的事真不多见啊！他决定联系几个生意伙伴一起对他们感谢一下，也算是对他们的安慰。没费多大工夫，他就联系到了好几个单位。

这天，当他拨通同学张立电话并说明自己想法时，张立说："这事我是不会参加的！我本来也想感谢一下他们，可是刚刚听说他们和我县主要做墙壁广告的公司其实是一伙的，他们做的广告，等拿到广告费后，就在墙壁拥有者单位的同意下涂掉。这样，做广告的单位就会继续请他们做广告，而广告公司也有更多的墙壁可用。这事听起来不可思议，是真是假，我也拿不准。"

听张立这么一说，张校长心中五味杂陈。一番犹豫之后，他还是决定继续他的行动，因为他害怕冷了那些凤毛麟角般的善良的心，即便它们可能是虚假的。

◀ 静待花开

　　王皓刚走到赵军的家门口，就被一阵低沉而急促的狗叫声镇住了。王皓不前进，也不后退，狗就一直叫着。

　　赵军应该在家，狗叫声他不可能听不到，他站的位置有两三个摄像头直对着。

　　近半个小时，赵军才把门打开。

　　"是王书记呀！我还以为是路人惹得狗叫呢！刚才有好几家客户抢着要预订我的猪。这些日子猪肉行情好，肥猪供不应求，都是老客户，谁的面子也不好意思驳，协调好久，才搞定。"赵军一边把王皓往里领，一边解释。

　　拴在院门旁边的那只大黑狗一边低吼着一边往前扑，挣得铁链哗哗作响。

　　"既然来了，王书记，今天中午一定不能走了呀！一会儿又两个客户来了解猪场情况，准备给我投资。我从福久那边订的饭菜一会儿就该送来了。你可得在这儿给我长长脸。"王军一边泡茶一边说。

这个滑头，看似热情，实则是一肚子心机呀！王皓一边随意应答着，一边考虑怎么打开局面。

大国槐村四周环山，一条小河穿村而过。房屋多是用就地取材的红页岩建成的，与周围山色浑然一体。村前有个葫芦形的湖泊，湖边绿柳婆娑，掩映着一座数百年的小庙。这几年，村里搞旅游，局面逐步打开，游客日渐增多，民宿与饭店都很红火。

赵军的养猪场建在村东头，以前谁也没觉得这有什么问题。随着乡村旅游的持续升温，养猪场就越来越碍眼了，甚至有游客反映在山村总能闻到猪粪味。目前生猪价格持续升高，拆除猪场等于砍了赵军的摇钱树。村里已经跟他谈过数次，赵军一直不答应。

"我过来的目的，你也该知道。我希望你能顾全大局，再考虑下。"王皓沉默了好一会才说。

"为了一部分人致富，让另一部分人倾家荡产，这可在理？我还想趁着生猪价格高扩大规模，赚点钱还贷款呢！要是关了，我那几十万的贷款怎么办？"赵军两手一摊说。

赵军说话显然是经过深思熟虑了的，王皓找不到突破口，村集体若有钱，或者可以考虑给他一定的补偿，可是村里没有钱。

"其实很好办，轮番叫工商、税务、环保、防疫等部门来检查，我就不信找不到猪场的问题。我有个亲戚在环保局工作，我可以提前跟他打个招呼。"村议事会上，有人提议道。

"不行，我们不能这样搞。"王皓急忙制止。

春节临近，气温回升，冰冻的大地开始松软，向阳的草木已透出一抹淡绿或轻红，大国槐村又将迎来一波游客高峰。可是气温升高，养猪场的负面影响也将再次加重。如何处理，很是棘手。

节前村里事务多，忙碌多日后，这日稍有空闲，王皓在村里转了半圈后，向村东头走去。从很远就看见赵军正在自家门前喷洒消毒液。原来，不知哪天，赵军不但把养猪场拆除了，还把原来的位置平整了，看样子准备整理成停车场。自从村里游客增多，来客停车越来越困难，要是在这个地方增加个小停车场，那是再好不过的事情。

这个赵军，是突然想通了，还是想搞什么花招？王皓想过去问个明白，又有些犹豫，看见赵军即将转身，他急忙掉头往回走去。

斗转星移，转眼一年时间又要过去了。这两年来，大国槐村的旅游开发虽说遇上了不少困难，但多数问题都基本解决了。赵军那地方确实整理成了免费对游客开放的小停车场，一到旅游旺季，赵军经常主动当交通指挥员。闲来无事时，赵军整日在家栽花种草玩微型石雕，作品很受游客欢迎。

这日清晨，刚开门，王皓忽然闻到一股淡淡的清香。

赵军站在门口，旁边放了一盆巴掌大的梅花盆景。一个椭圆形的梅桩上伸出一枝弯曲的花枝，枝有几个欲放的嫩红花苞。

"这是我整理猪圈时从墙根的石缝中挖出的一株小梅花，经过这一年的养护，长得有点意思了。花就要开了，我把它放在这里，请书记欣赏！"赵军一脸笑容地说。

原来一开始赵军是为了村里的整体利益，才下狠心拆除了养猪场，现在看来，及时拆除竟是最正确的抉择，因为这一年多，猪肉价格一路下滑，那些继续养殖或扩大了规模的，几乎没有一个不亏损的。

"你的贷款怎么办？"王皓问。

"我有贷款是真的，但银行的存款和手里的周转资金更多。"赵军黝黑的脸上透出羞涩的微笑。

说话间，屋里清香若有若无，王皓抬头看时，忽然发现村委大院墙角的那株梅花，在自己不经意间悄悄绽开了。

"再有三天，驻村工作就该结束了，到时，我将坦然离开。农村工作，有时需积极推进，有时也需静待花开。"王皓在这天的驻村工作日记中写道。

梅开正盛，花香清醇。沐浴在梅香里，这晚他睡得格外甜。

◀ 救　赎
....

在泥水中越陷越深，眼看生机渺茫，黄奇感到彻骨生寒。

就在刚才，他忽然听见一阵翅膀拍打水面的啪啪声，顺着声音望去，离岸边不远处的一小丛芦苇外，有只青头潜鸭被困住了。

靠近细看，它半垂着脑袋，无精打采地眯缝着眼，似乎已被困很久。觉察到有人靠近，它突然鸣叫起来，同时用翅膀疯狂地拍打着水面。

这样挣扎下去是更会要了它的命的，必须立即施救。

他毫不犹豫地一步跨进水里。水里仿佛藏着一双巨大的手，他的腿刚迈入，那双手就快速地把他往里拖去。力量大得出奇。他的身体快速陷入泥水之中。

他企图摆脱困境，可是找不到着力点。那丛芦苇虽然就在眼前，却够不到。脚下是稀软的淤泥，只要稍作动弹，身体就会继续往下陷。转眼泥水已经没过肩膀，若再挣扎，很快就会被泥水吞噬。

那只青头潜鸭似乎被眼前的一幕吓住了。它不再叫唤，也不再挣扎，只是隔着芦苇与他茫然对视。

他平心静气，思考脱困办法。可是，绞尽脑汁也找不到。看来，唯一能做的是保存体力，耐心等待。

太阳越升越高，温暖的阳光普照着烟波浩渺的鄱阳湖。现在是鄱阳湖上鸟类最多的季节之一，大量候鸟与本地鸟交汇，造就了湖边群鸟翻飞、脆鸣连绵的壮美景象。

这个季节，也是发生盗猎鸟类事件最多的季节。虽说有关部门采取了很多措施，可是湿地范围大，盗猎方式日益多变，防止盗猎成为令人头疼的问题。作为湖边的老住户，他主动承担起了防盗猎的任务，每天早晚在湖边湿地来回巡视。这些年来他成功劝止了数百起盗猎行为，解救了上千只水鸟。他的行为自然引起盗猎分子的不满，他们嫌他多管闲事挡其财路，有人公开扬言要报复他，有人暗中悄悄对他下手。

这地方人迹罕至，如果没有奇迹发生，很可能就是自己的生命终点。终点就终点吧，毕竟已经65岁了，老伴三年前已经去世，儿女都已成家，即便现在死了，也算没有遗憾。只是以这种方式离世，他还是觉得心有不甘。

他望着湖面，发呆，恍惚间，魂魄似乎已经出窍。

"哎呀！这是啥情况呀？你不是护鸟使者吗？怎么也抓鸟了？掉进自己布置的陷阱中出不来了吧？真是'多行不义必自毙'呀！"忽然，一阵说话声惊醒了他，转头看去，是蔡树文。

蔡树文是与自己关系最紧张的盗猎者，他不但自己盗猎，而且与外地盗猎者有复杂的关联。这些年自己与蔡树文产生过无数次摩擦，就在前些天还刚刚阻止了他一次企图贩运水鸟的行为。

顿时，他明白了。

"到底是谁设的局，你该最清楚。现在，你该满意了吧！"黄奇提了提精神说。

"你说的，我不懂！再说，都这情况了，你还有什么资本同我斗？你该跪下求我才是，可惜，你连跪都跪不了！"蔡树文皮笑肉不笑地说。

"我最后求你一次，放过那只鸟！它是无辜的。"黄奇有气无力地说。

"你不打算求我救你，你可想好了，如果求我，那么放鸟就不是最后一次求我了。都现在了，还一心想着鸟的事，我很难相信这是你的真实想法。"黄奇一脸不屑地说。

"求你救我，有用吗？不过，我还是要感谢你，你让我死得明明白白。"黄奇压住胸中的愤怒平静地说。

蔡树文盯着黄奇看了一会，轻轻摇了摇头，近乎自言自语地说："这老家伙！"

突然，蔡树文向前迈了一大步，伸出手来大声说："伸过手来！"

黄奇急忙把自己的手往后缩了缩说："快！快！退回去——这下面诡异，会害了你的！"

"你真是担心我的安危？我看出来你心底是怎么想的了。就你，值得我下狠手？相信我，就等着。不信，怨不得谁！"蔡树文手指黄奇，怒吼着说完就转身离去。

太阳火辣辣地晒着，时间仿佛停滞。

终于，蔡树文扛着两根结实的树枝回来了。

因为在泥水中浸泡时间太长，蔡树文回家后就病倒了。在家躺了十多天，他才有力气重新站起来。这日，他决定出去走走。他沿着湿地边缘慢慢前行，没敢深入，他怕突然碰见蔡树文。这些日子，他内心纠结，他还没有想好该怎样面对他。

那日，他在水边走了好久，呼吸着清新的空气，欣赏着翻飞的群鸟，他的思路逐渐清晰起来。

忽然，一阵激烈的争吵声传来。很明显是盗猎者跟护鸟人发生冲突了，这时有正义力量加入是对护鸟人的最大支持。他快速朝着声音传来的方向起去。

远远地，黄奇就看清楚了，是蔡树文。不过他不是盗猎者，而是护鸟人。从什么时候起，他竟改过迁善了。黄奇无比惊喜。终于可以约他喝一壶、聊一聊了。毕竟，家中那两瓶好酒，已备好多日。

◀ 意外的焦点

　　谁也没想到超然会成为那次聚会的焦点。

　　转眼间，大学毕业已经三十年了，这期间，关系好的同学也搞一些小规模的聚会，但是集体聚会一次也没搞过。

　　聚会在一家靠近母校的酒店举行。这次聚会的关键人物有三个，一个是副厅级干部王副市长，一个是身家千万的房地产老总张老板，一个是某名牌大学的著名博导刘教授。

　　宴会尚未正式开始，多数同学都在随意地聊着天。大家往往先和王副市长叙一阵旧情，后与张老板谈一会往事，再与刘教授打一下招呼。当这一切做完，多数人便开始有针对性地交流，当然交流的中心还是不外乎这几个人。

　　毕竟都已年过半百，大家聊着聊着，都不自觉地谈起几位没来的同学，在车祸中受伤的赵同学是个男生，长得白白净净，当年一和女生说话就脸红；据说被癌症折磨得不成样子的吴同学为人豪爽，喜欢抽烟，也爱喝酒，上大学期间就经常约同学一起喝酒；因为抑郁症而自杀的郑同学喜欢文学，他的文字抑郁而优美，经常有诗歌在各地报刊发表……

大家不禁议论一番，叹息一阵。

有位同学坐在大厅的角落几乎不跟任何同学交流，但是却显得从容镇静，气定神闲。那是谁？有同学悄悄问。不知道。有同学答。也许同学们的议论引起了他的注意，他不再看墙上的字画，而是转身看着同学。

能认出市长、老板和教授就行了，认不认出俺无所谓。那人笑着说。

说哪里话呢？同学聚会，没有市长，没有老板，也没有教授，只有同学。那位同学说，我想想，我一定能想起你来。

对了！你是超然，一定是超然！那位同学高兴得哈哈大笑。

你这家伙，这些年都在干什么？怎么也不跟同学联系？刚才很多同学还在议论你呢！那个同学说。

瞎混吧，不值一提！超然说。

肯定混得不错！你看你保养得，一看就比我们年轻十几岁！那个同学说。

哪里呀！哪里！超然笑着说。

这两个同学的对话声引起所有同学的注意，大家的眼光一下聚集了过来。一看之下，大家真的异常惊讶，他身体健壮，皮肤闪着异样的光彩，脸上的表情是那样淡定坦然。

这时大家不禁去看别人，市长和老板虽然都是一头乌发，那明显是焗过油的，教授看似精神饱满，但是几乎没有一根黑发，其他同学的脸上也都挂着掩饰不住的沧桑。大家不禁从内心深处开始羡慕起他来，甚至有好几位保养得不错的女生问他是如何保养皮肤的。

他淡淡地笑着说："皮肤是表面，内心才是本质，内心的淡定与平和最重要。心态调节好了，身体自然会好。身体好了，皮肤能不好吗？如果内心调节不好，却想保养好皮肤，那岂不本末倒置了！"

待到他说完，大家都暂时沉默了。

从上大学开始，超然就有点像他的名字，做事不紧不慢，遇事不争不抢，穿着普通，不事张扬，成绩平平，不突出，也不落后。可谓得之不喜，失之不忧，宠辱不惊，去留无意。他这特点，让很多同学看不起。谁承想三十年过去了，数他活得滋润。

聚会结束，同学们都在悄悄议论、感慨，甚至怀疑起自己这一生的奔波是否有意义。

那次聚会我也去了，大学毕业后，我是唯一和超然经常联系的同学。大学毕业后，超然去了千里之外的一个小镇做橡胶生意，为人低调而内敛，目前正在支援非洲建设。这次聚会前，他曾和我说，因为项目进展正处于关键期，再加上路远，就不回国参加聚会了，所以让我代他向同学和老师们问好。

我知道，他有一个和他长得很像的小他十岁的弟弟在这个城市打工，并且混得一般。所以，我猜测，那个所谓的超然应该是他的弟弟，他肯定是知道哥哥的情况，而聚会又不用自己交钱，就顺便来混顿饭吃。

◀ 蒙山做证

清远离家凵走了！

张德来孙祥家说这事时，孙祥正坐在院子里的石块上摇着草编蒲扇乘凉。

"为啥？"孙祥停止摇扇焦急地问。

"不知道呀！我还以为你了解情况。"张德在旁边的石头上坐下来说。

"这事蹊跷。"孙祥过了一会说，"没准是正岭自己把孩子藏起来了！"

"也不至于！现在这年头，兵荒马乱的，能把孩子藏到哪里？"张德摇着头说。

"也难说！"孙祥放下扇子说，"正岭的为人处世你又不是不知道，面子的小事上怎么都行，一到大事上，总是办得不够冠冕。"

"清远是多懂事的孩子呀，可惜在这样的糊涂父母手里！"

张德从怀中摸出烟包一边按烟一边说。

"应该与孩子当兵的事有关系，其实，正岭就不该这样。"孙祥站起来说，"我们过去看看。"

两人就都站起来，朝正岭家走去。几天前，村里开始动员征兵，大家都踊跃参军，唯独正岭不配合，孙祥和张德数次前往劝说，正岭夫妇一直坚决反对。

"不给我找回来，我同你没完！"尚未到正岭家，就听到了正岭媳妇钟云震天的吵闹声。

钟云拿根杨树条一下下抽打正岭。正岭一边躲闪一边往外跑。看见来人，钟云丢掉树条坐在地上大哭起来。

正岭木然地站着，一时不知是该让他们进来，还是自己出去。

"前天晚上孩子和我吵了几句，气呼呼地出门了，没承想左等右等总不见回来，等外出寻找时哪里还见踪影。这几天亲朋好友家都问遍了，都说没见。你说他能到哪里去？"正岭叹息着说。

"孩子这么大了，应该不会有事的。你要是不放心，我们就发动大家一起找找。要是放心，就耐心等些时日看看。"孙祥安慰他道。

就一天天等。然而，终归没有回来。

时间会冲淡一切，一个家庭的悲苦更容易被人淡忘。转眼二十多年过去了，时间就到了 20 世纪 60 年代，那时村里各种斗争日趋激烈，正岭家孩子出走后不知下落的事情渐渐被人家淡忘，但正岭夫妇拒绝让孩子参军的事实和家庭出身有些高的情况，总归是板上钉钉的，正岭夫妇因此经常挨批斗。那时，孙祥他们都已经从村领导的位置上退了下来，虽然想尽力保护他们，无奈各种新生力量根本不把他们放在眼里。正岭在批斗中被打瘸了一条腿，钟云在一次外出时跌落山崖摔死了，至于是自寻短见还是纯属意外，难以考证。

那时正岭已近 70 岁，办完妻子后事，整个人迅速蔫了下去。

那个春日的清晨，张德与孙祥一起来看望正岭。正岭独自倚在院墙旁边的一棵近乎干枯的老柏树上抬头望天。见两位前来，急忙要站起来迎接。"你坐着吧！"张德扶了下正岭，自己也跟着坐到了那棵老树边。

三个人都坐着，抽烟，很久没有话。从这个位置，抬头就能看见不远处的蒙山。青山巍巍，苍茫险峻，千万年来以近乎不变的姿态承接着朝晖暮霭，俯视着人世沧桑。这一刻，正岭却仿佛觉得整座山似乎要迎面扑过来。

"我一直在等，不然，早就走了，现今，实在坚持不住了。我罪责深重，趁你们两个在，就把秘密告诉你们。"正岭抽完两锅烟后，在地上的一块鹅卵石上磕了磕烟锅说。

原来，清远不是他们的亲生孩子。四十多年前，就是那支共产党领导的军队驻扎在村里的时候，一天晚上有人悄悄送来一个孩子，这孩子跟他们自家的差不多大，都是刚出满月不久。来人说因战况复杂，他们无法亲自抚养，希望将孩子寄养在这里，等条件允许了，再来领走。他们要求对这个事情绝对保密。孩子送来不久，部队就撤离了。不到半个月，自己的孩子意外因病离世，为了更好地保密，他们就把自己孩子病死的事情深藏心底，把清远当成自己孩子抚养。

"从此，他们就再也没联系过我们。清远长大后，综合考虑，我们一直没有把身世告诉他。清远丢失后，我既期待又害怕他的父母找来。我这身体是等不来那一天了，如果有一天他们找来，你们就告诉他们实情吧！我们没养好孩子，罪该万死。我这话绝无半点虚假，苍天和蒙山可以做证。"

正岭说完，又按上烟，点上，抽了起来。刚抽两口，就剧烈咳嗽起来。几天后，正岭就过世了。

几年前，清远的忠骨几经辗转回到了蒙山，并葬在了正岭夫妇的坟墓旁边。据查证，清远离家出走是去追赶部队参军去了。参军之后，清远英勇作战，先后参加了抗日战争和解放战争中的多场战役，新中国成立后，又参加了抗美援朝，最后英勇牺牲在战场并暂时埋在了朝鲜。

这年清明，春潮涌动，山野泛绿，英雄墓前，张德的孙子用沙哑的嗓音讲述着那段往事，人们禁不住热泪横流。

回家吃午饭